사람과 글과 약이 있는

인人 문文 약藥 방房

사람과 글과 약이 있는 인문약방: 현직 약사가 들려주는 슬기로운 병과 삶, 앎에 관한 이야기

발행일 초판1쇄 2021년 2월 7일 | **지은이** 김정선
펴낸곳 북드라망 | **펴낸이** 김현경 | **주소** 서울시 종로구 사직로8길 24 1221호(내수동, 경희궁의아침 2단지) |
전화 02-739-9918 | **팩스** 070-4850-8883 | **이메일** bookdramang@gmail.com

ISBN 979-11-90351-55-3 03810

책으로 여는 지혜의 인드라망, 북드라망 **www.bookdramang.com**

사람과 글과 약이 있는

인 문 약 방
人 文 藥 房

현직 약사가 들려주는 슬기로운 병과 삶, 앎에 관한 이야기

김정선 지음

BookDramang
북드라망

머리말 **약사에서 '호모큐라스'로**

나는 일주일에 이틀 약국에서 일을 하는 알바 약사이다. 알바를 하지 않는 날에는 인문학 공동체인 문탁네트워크(이하 문탁)에 나가 공부와 활동을 한다. 이 두 문장으로 얼핏 나를 팔자 좋은 약사 사모님이라고 생각할지도 모르겠다. 하지만 나는 스스로 벌어서 먹고살아야 하는 비혼자이다. 그런 만큼 알바 일을 하며 인문학을 공부하는 일상을 꾸리는 것이 쉬운 선택은 아니었다.

대학 졸업 후 쉬지 않고 일하다 문탁에 결합하기 1년 전 즈음 다니던 회사를 그만뒀다. 문탁에 결합한 후에도 처음 2년 정도는 퇴직금과 저축금을 까먹으면서 일을 하지 않았다. 경쟁이 치열한 직장생활로 번아웃되기도 했지만 인문학을 공부하고 난 후 그전과는 다르게 살고 싶었다. 특히 인문학 공동체라는 생경한 삶의 방식을 접하고 호기심도 발동했고 또 친구들과 함께하는 공부와 활동이 재미있었다. 어떻게 보면 세상이 살라고 하는 방식에서 동떨어져 살아 보고 싶었던 것 같다.

공동체라고 하니까 주거를 함께할 거라고 생각하는 사람들도 있겠지만, 우리는 각자의 주거지에서 공동체의 터전으로 와 공부하고 활동하고 밥도 같이 해 먹는다. 이곳에서 내가 한 공부들이 내게 준 영향도 크지만, 친구들과 한 여러 활동들이 나를 많이 바꿨다. 그중에서 가장 큰 영향을 준 활동은 공동체 카페 매니저였다. 공동체 카페는 '마을 공유지, 파지사유'라는 이름으로, 매니저는 '큐레이터'라는 이름으로 불렸다. 마을 공유지의 큐레이터로서 3년간 활동을 하면서 '공유지'가 뭘까? '공동체'란 뭘까? '친구'란 뭘까?를 진지하게 고민했다.

어린이 인형극, 영화 상영, 청년들의 공연, 문탁 인문학 축제의 피날레, 문탁에 처음 접속한 친구들의 소개, 전기를 끄고 촛불을 켜는 밤, 다양한 세미나 공부의 공유, 낭송 공연, 여행 보고회, 세월호 추모 행사, 5·18을 기억하는 행사, 탈핵 운동, 동물권 세미나 등등 여러 일들을 도모하면서 나는 나 개인을 넘어서는 시선을 갖게 되었다. 또 '근사(近思)한 양생(養生)'이라는 활동도 조직했다. 양생이란 가까이에서 구해야 한다는 의미로 만든 활동이었는데, 말 그대로 별게 아니었다. 점심을 먹은 후에 함께 산책하는 '점심 산책', 주 1회 요가를 잘하는 친구가 이끄는 '공동체

요가', 세월호 추모로 시작한 '백팔배', 내가 경험한 단식을 응용한 '꽃보다 단식' 등을 했다. 돌아보니 7년간의 공동체 생활은 '혼자'가 아니라 '함께'라는 삶의 방식을 공부하고 실험했던 기간이었다.

성찰하게 한 글쓰기, '둥글레의 인문약방'

공동체 생활로 배운 것도 많고 그만큼 마음도 충만했지만 공동체 활동만으로는 먹고살 길이 보이지 않았다. 할 수 없이 약국 알바를 주 1회 정도 하다가 주 2회로 늘렸다. 약사로서의 정체성을 잊고 살다가 갑자기 다시 약사로 살게 되면서 고민이 생겼다. 공동체에서 공부하고 활동하는 나와 약사라는 권위를 가진 전문가로서 일을 하는 나 사이에 괴리감이 생길 수밖에 없었다.

　사실 이런 괴리감은 진즉부터 내 안에서 똬리를 틀고 있었다. 인문학 공부와 내 업이 연결되지 않고 있었다. 내 공부가 내 업과 연결되기 시작한 계기는 아마도 이반 일리치의 『병원이 병을 만든다』를 읽고 나서부터인 것 같다. 일리치의 책들은 지금 세상의 여러 제도들에 대해 의문점을 품게 한다. 이반 일리치는 산업화가 한창이던 70년대에 산업화와 성장을 멈추고 그것에 대해 성찰하자고 제안했다. 특히 그는 사람들에게서 자율성을 뺏고 무언가에 의존하게 만드는 전문가 제도에 대한 문제 제기를 했다. 의료 제도가 대표적이다. 그의 책을 읽고 지금의 의료 제도에 대해 나 또한 회의를 품지 않을 수 없었다. 일리치가 던진 문제 제기는 나에게도 커다란 물음표가 되었다.

일리치를 읽기 전의 나는, 과학의 진보와 궤를 같이하면서 진보된 학문을 수용하여 그 전문성을 유지해야만 약사라는 직업이 의미가 있다고 생각했다. 그런 전문성이 바로 약사의 권위이고 그런 권위가 사람들을 치료하는 것이라고 말이다. 인문학 공부는 의료와 전혀 상관이 없다고 생각했지만 그렇지가 않았다. 인문학 공부가 내가 생각하는 약사라는 업에 균열을 내기 시작한 것이다. 약국에서의 내 태도는 조금씩 바뀌어 갔다. 결정적으로, 문탁 홈페이지의 북앤톡 코너에 연재하기 시작한 '둥글레의 인문약방'은 변화해 가는 내 생각과 태도를 돌아보고 정리할 수 있는 기회였다.

단순히 친구들의 제안에 의해 시작한 글쓰기였지만, 글을 쓰다 보니 예상치 못하게 의료 분야에 대한 성찰적 글쓰기가 되었다. 글쓰기 자체의 어려움은 진지함을 탑재하지 않으면 풀리지 않았다. 그럼에도 퇴사한 회사 이야기는 솔직히 피해 가고 싶었고, 약에 대한 정보가 포함된 글은 약사들마다 다를 수도 있을 텐데 주제넘게 느껴졌다. 이런저런 고민도 있었지만 약국은 어느덧 글쓰기의 생생한 현장이 되었다. 약국에서 일어나는 일들과 만나는 사람들이 글과 자연스럽게 섞였다. 물론 종합병원, 의약품 도매상, 제약회사, 요양병원에서 일했던 다양한 경험도 글에 영향을 줬다. 글을 쓰면서 나는 약사라는 업을 진심으로 받아들이게 되었다. 그리고 이 글들이 모여 이 책이 되었다.

새로운 실험, 인문약방

공유지 큐레이터 활동을 그만두고 지난 2년간 나는 글을 쓰는 한편 친구 둘과 함께 '인문약방'이란 활동을 했다. 인문약방에서 우리는 몸과 자기배려에 대해 본격적으로 탐구하는 '양생프로젝트'라는 기획세미나를 열어 사람들과 공부를 하고, <인문약방, 호모큐라스를 위한 처방전>이라는 팟캐스트를 만들어 방송했다. 그리고 올해 2021년에는 공동체의 카페 한쪽에 '일리치 약국'을 열게 되었다. 물론 양생프로젝트와 팟캐스트는 계속된다. 나는 인문약방 활동을 통해서 세상에 없는 특별한 약국을 만들어 보려 한다. 또 사주명리와 동양의학을 아우르는 의역학 세미나를 통해 내 인식의 지평을 폭넓게 확장시켜 가고 싶다.

올해 문탁도 지금까지와 다르게 변신한다. 지난 11년간의 활동을 뒤로하고 읽기와 쓰기에 집중하는 <문탁네트워크>와 생태&양생적 삶의 실험에 집중하는 〈에코n양생 실험실, 파지사유〉로 분화한다. 인문약방은 바로 〈에코n양생 실험실, 파지사유〉에 자리 잡게 되었다. 파지사유의 큐레이터였던 내가 파지사유의 약사로 돌아오게 된 것이다. 큐레이터의 어원을 찾아보니 라틴어의 cūra(주의, 가꿈, 노력, 관심, 돌봄, 치료 등)에서 파생된 cūrātor(관리인, 돌보는 사람, 후견인)이다. 큐레이터와 약사가 크게 다르지 않다는 생각이 들어서 피식 웃음이 났다.

지난 7년간의 공동체 생활과 공부를 다른 말로 표현해 본다면 스스로 치유하고 자기를 돌보는 사람, '호모큐라스'로 거듭나는 과정이 아니었나 싶다. 그것은 전전긍긍 공부하면서 여러 예속과 편견에서 어렵게 벗어나는 과정이기도 했다. 작은 바람이 있다면, 이 책이 읽는 사람들에게도 의료 전문가나 현대의 건강 담론을 무조건 따르는 것에서 벗어나 호모큐라스가 될 수 있는 단초가 되었으면 좋겠다.

끝으로 내 글쓰기가 글이 되도록 자신의 시간과 에너지를 써가며 조언을 해주신 '북앤톡'의 요요 선생님, 루쉰을 공부하며 처음 글쓰기를 가르쳐 주신 문탁 선생님, 함께 큐레이터 활동을 했던 히말라야와 작은물방울, 인문약방을 같이 만들어 가는 새털과 기린 그리고 그동안 함께 공부하며 나를 깨우쳐 준 공동체 친구들에게 감사를 전한다.

차례

인문약방, 여기가 로두스다!

약사가 되기 싫었다

나는 약사라는 직업에 그다지 소명의식이 없었다. 약대보다는
미대에 가고 싶었다. 어릴 때부터 그림 그리는 것을 좋아했고 그
어떤 과목보다 미술 시간에 집중했다. 미술로 먹고살 자신이 없
어서 엄마가 권한 약대에 갔지만 미술은 내게 못다 이룬 꿈이었
다. 약사가 되어서 돈을 벌게 되면 그 돈으로 미술을 공부하리라
마음먹었다.

실제로 스물아홉 되던 해에 국내 미술 대학원 두 곳에 지원
했다. 인터뷰 내내 미술 전공이 아니라는 이유로 홀대받았던 한
곳은 무참히 떨어졌고 전문가 과정으로 합격한 곳은 탈락자가
한 명도 없어서 이건 뭔가 싶었다. 이럴 바에야 차라리 유학을
가서 제대로 공부하는 게 낫겠다는 결론이 났다. 학비가 비싼 미

국에서 공부할 방법은 배운 게 도둑질이라고 미국 약사가 되는 것밖에 별수는 떠오르지 않았다. 미국 약사 면허를 따겠다고 세 가지 시험을 패스하고 일자리를 알아보고 인턴 약사에 지원하는 등 복잡하고 시간이 걸리는 일들을 하느라 미국을 세 번이나 다녀왔다.

결국 미국에 가지 않게 되었지만 내가 그렇게까지 미술을 공부하려고 한 이유는 뭘까? 그렇게나 약사라는 일이 하기 싫었던 것일까? 한참 뒤에야 이런 질문을 스스로에게 해봤다. 생각해 보면 미술은 내게 현실을 부정하기 위한 '변명' 같은 것이었다. 현실을 직시하지 못할 때면 '미술을 하지 못해서 내가 불행하구나!'라는 생각이 떠오르곤 했다.

8년 전 오빠가 불의의 사고로 세상을 떠났을 때도 그랬다. 생계를 위해 열심히 살다 간 오빠의 삶이 허무하게 느껴졌고 '돈, 돈' 하는 세상에 정나미가 떨어졌다. 제약회사를 퇴사하고 수녀회에 입회했다. 세상이 말하는 가치를 좇는 게 아닌 신에게 봉헌하는 영적인 삶을 살고 싶었다. 하지만 얼마 안 되어 난 수녀회를 나왔다. 세상에서 벗어나 깨닫는 삶을 살고자 한 내가 얼마나 교만한가를 알았기 때문이다.

문탁네트워크(이하 문탁)에 접속하고 인문학을 공부하기 시작하면서도 비슷한 마음이 내 속에서 스멀스멀 올라왔다. '인문학 공부를 깊이 있게 해서 이쪽에서 길을 내 보면 어떨까?' 하는. 약사 일은 하고 싶지 않은데 사람들이 양생(養生)에 대해 함께 생각해 보자고 자꾸 나한테 말을 걸었다. 양생이 삶을 전체적으로 아우르는 말로 들리지 않고 자꾸 의료나 치료에 관련된 협소한 범위의 일로 들렸다. 내가 약사라고 이러는구나 싶어 싫었다.

내 공부 내공이 짧아서 그런 생각이 들었겠지만, 사실 난 약사라는 직업에 흔들릴 때마다 그 직업 속에서 벼르질 못했다. 엄마가 권해서 갖게 된 직업이라며 다른 곳으로 눈을 돌리기 바빴고, 비교적 안정적인 직업이라 아쉬울 땐 돌아갔다. 그래도 먹고 사는 업이기에 책임감을 가지고 성실히 임했던 것은 최소한의 내 양심이었다.

인문학을 만났다

고등학교 때 국어 성적이 안 좋아서 국어 선생님께 불려 간 적이 있을 정도로 난 국어를 못했고 또 싫어했다. 특히 고전 문학은 관심 밖이었고 이과생인 내게 이런 무관심은 자연스럽게 여겨졌다. 문과였던 절친은 책 읽는 걸 좋아해서 서점에서 살다시피 했다. 반면 나는 학교 공부를 한다며 책과 점점 멀어졌다. 친구와 나의 차이를 문과와 이과의 차이 정도로 여겼다. 내가 책을 멀리하게 된 데에는 집안을 돌보지 않았던 책벌레 아버지에 대한 반감도 있었을 것이다. 우리집엔 세계문학에서부터 종교, 예술, 정치 서적까지 없는 게 없었다. 하지만 그 책들에 내 손때가 묻는 일은 좀처럼 없었다.

2004년이었다. 서른네 살이 된 내가 왜 그 책을 사게 되었는지 지금도 미스터리다. 우연히 고미숙 선생님의 『열하일기, 웃음과 역설의 유쾌한 시공간』을 사서 읽었다. 의외로 재밌었다. 그때의 일기장을 찾아보니 짧게 책에 대해 언급해 둔 것이 있었다. 18세기에 박지원이란 멋진 사람이 살았다는 게 믿어지지 않는다는 내용이었다. 지금 생각해 보면 어쨌거나 고미숙 선생님의 책이 인문학에 관심을 가지게 된 계기였던 것 같다. 그녀가 공부하고 있다던 '연구공간 수유+너머'도 궁금했지만 금방 잊었다.

2012년 고미숙 선생님의 『나의 운명 사용설명서』가 출간되자 반가운 마음에 사서 읽었다. 미신이라고 치부했던 명리학에는 음양오행이라는 고래의 동양철학 이론이 펼쳐져 있었다. 그것은 대학 때 배웠던 한방 원리와도 맞닿아 있었다. 또 인문의역학(人文醫易學)이라는 새로운 개념에 관심이 생겨, 다음 해엔 '감이당'에서 하는 동의보감 강좌를 들었다. 여름에는 감이당의 인문학 캠프에 참여해 명리학에 입문하게 되었다. 기초를 뗀 정도였지만 내 사주를 보고 난 놀라지 않을 수 없었다. 거기엔 그냥 내가 있었다. 오지랖 넓고, 미술을 좋아하고, 종교에 관심이 깊고, 의료 계통의 직업을 가진 내가 말이다. 내가 상처받은 영혼도, 트라우마 때문에 왜곡된 존재도 아니라니 좋았다. 어떤 사주도 음양오행을 고르게 갖출 수 없다는 것, 오히려 그래서 삶이 나에게 주어졌다는 것, 또 그렇기 때문에 모든 사주는 평등하다는 새로운 관점. 운명애란 주어진 (생)명을 잘 운전해 가는 것 그 이상도 그 이하도 아니었다.

읽고 쓰면서 공부를 했다

문탁에 합류하고 1년 정도는 일본어 세미나와 동의보감 세미나를 했다. 어느 날 우쿨렐레를 함께하며 친해진 친구 히말라야가 내게 이제 공부를 하면 어떻겠냐고 말했다. 좀 황당했다. 내가 그간 한 공부들을 다 나열하고 싶을 정도로. 그래도 그 친구를 신뢰하고 있었기에 뭐 그럼 해볼까? 하는 심정으로 모집 중인 '글쓰기 강학원'에 무작정 신청을 했다. 생전 처음 듣는 루쉰 (魯迅, 1881~1936)이라는 사람의 책을 읽고 글을 쓰는 기획세미나였다.

　첫 시간부터 멘붕이 왔다. 문학하고는 거리가 멀기도 했고 책을 반복해서 읽어 본 적이 거의 없었다. 게다가 글쓰기라곤 초딩 때 숙제나 일기 쓰기가 다였던 상태. 첫 시간에 난 세 명 안에 뽑혔다. 튜터였던 이희경 선생님(문탁샘)이 이렇게 쓰면 안 된다고 고른 예로 말이다. 지금 생각하면 당연하지만 그땐 너무 창피했다. 그다음 시간에도 문탁샘은 세미나가 끝난 후 조용히 나를 불렀다. 친절하게 내 글에 대해 조언해 주었지만 내 눈엔 눈물이 그렁그렁해졌다.

　두 번이나 지적을 받고 나자 오기가 생겼다. 최소 세 번은 책을 반복해서 읽었고 도저히 감이 잡히지 않을 때는 참고서적도 더불어 읽었다. 일주일 내내 루쉰 책만 붙들고 있게 되었다. 내 책상 주변으로 머리카락이 수북이 쌓일 정도였다. 그래도 다른 친구들보다 독해력도 부족하고 글도 못 썼다. 두 시즌에 걸쳐 공부하는 동안 당시 발간되지 않았던 너댓 권 정도 빼고는 루쉰 전집을 다 읽었다. 시즌을 마무리하는 에세이를 대여섯 장 쓸 때는 내 능력 밖이라는 생각도 들었다. 하지만 이렇게 책을 읽고 글을 쓰면서 내 사유는 좀 더 치밀해졌고 그럴수록 내 삶을 다시 생각해 볼 수밖에 없었다.

　글쓰기 강학원을 거치면서 난 새삼 느꼈다. 내가 이제껏 한 공부는 진짜 공부가 아니었구나! 읽고 쓰기라는 '공부법'을 배우고 나니 다른 공부에 대한 관심도 커졌다. 다른 기획세미나에 들어가 책을 읽고 글을 쓰면서 공부했다. 그 중 스피노자(Baruch de Spinoza, 1632~1677) 철학이 나에게 미친 영향은 컸다. 기독교적 세계관을 가진 내게 스피노자의 새로운 존재론과 윤리학은 충격적이었고, 견고했던 나의 종교관은 뿌리부터 흔들렸다.

내게 타인은 신의 사랑을 실천할 대상이었고 나는 신에게 선택된 사람이었다. 신에게 선택된 만큼 그에 걸맞게 살려고 노력하며 살았던 것 같다. 심하게 말하면 내가 착해지고 특별해져 구원받는 게 제일 중요했다. 하지만 스피노자에 따르면 우리는 원자적으로 존재하는 게 아니라 끊임없는 관계 속에서 존재하고 있다. 수많은 상호 영향 속에서 그때그때 나는 존재하고 있는 것이다. 내가 타인들 속에서, 타인들은 내 속에서 존재하고 있다. 이런 존재들 사이에 더 낫고 못나고는 없다. 스피노자는 모든 존재들은 완전하다고 말한다.

나는 '타인'에 대해 화두를 갖게 되었다. 늘 나와 경계 짓고 나와는 상관이 없다고 생각했던 존재들에 대해서. 이제 나 혼자 잘해서 잘 살 수 있는 건 불가능함을 안다. 스피노자는 우리가 자유로워진다는 것은 정념에 휘둘리지 않는 능동적인 상태가 되는 것인데, 그러기 위해서는 혼자서는 힘들다고 말한다. 타인들과 공통의 감각을 키울 때 우리는 훨씬 더 자유로워질 수 있다. 바꿔 말한다면 내 존재적 조건인 외부와의 관계에서 정념도 어쩔 수 없이 생기지만, 정념을 넘어 이성 또는 지혜를 만드는 조건도 다름 아닌 타인과의 관계이다. 타인과 (공)통할 수 있을 때 그 차이도 받아들일 수 있다. 이것이 바로 스피노자가 말하는 '우정'이고 지혜이다.

인문약방을 시작하다

요새는 소통을 잘해야 한다고들 말하지만 난 '공통'이 삶을 살아가는 데 가장 중요한 능력이라고 말하고 싶다. 이는 우정이라는 확장된 사랑이 없다면 불가능하다. 다시 말해 연인과의 단둘 간의 사랑이나 가족에 갇힌 사랑만으로는 우린 지혜로워질 수 없다. 문탁에서의 공부는 나밖에 몰랐던 나를 '우정'이라는 차원으로 이끌었다. 우정이 자기와 마음 맞는 사람과 만드는 끈끈한 관계에 한정되는 것이 아님을 알았다. 사회에서 일어나는 이런저런 일들에 내가 마음을 쓰는 것도 연민보다는 연대라는 우정으로 해야 하는 것은 아닐까? 전혀 공감을 안 하는 것보다야 마음 아파하는 연민이 좋겠지만, 왜 그런 일이 일어났는지 좀 더 살펴보려 하고 작은 힘이지만 보태고 참여하는 과정에서 공통 감각이 만들어질 수 있다. 그런 노력이 모두가 삶을 잘 살아갈 수 있는 능력으로 이어진다는 걸 이제 알겠다.

나에게서 타인에게로, 그리고 더 큰 공동체로 관점이 확장되고 나니, 자의식이란 좁은 곳에서 조금 벗어날 수 있게 되었다. 이제 내가 예술가이든 수도자이든 약사이든 큰 상관이 없다. 명리학으로 볼 때 이 중 내가 무엇을 하든 다 개연성이 있다. 어쩌면 이것들은 겉보기에만 다른 직업군일지도 모른다. 근본적으로는 같은 지향을 가지고 다른 분야에서 다른 형태의 일을 하는 것일 뿐일지도. 그래도 약사로 일하면서 그간 내가 쏟아 온 시간과 공들이 있고 그렇게 해서 얻은 것들이 있으니 되레 다행이라는 생각이 든다. 인문학을 공부하면서 달라진 만큼 다른 약사가 될 수 있지 않을까?

함께 공부하고 있는 친구 새털이 처음 '인문약방'이라는 말을 꺼냈을 때 그래서 반가웠다. 인문약방에서 무엇을 할지 딱 정해진 것은 없었지만 이 말이 만들어지자 우리가 뭔가를 담을 수 있는 그릇이 생겼다는 게 좋았다. 또 친구들과 함께 먹고살 새로운 길을 만들고 싶었다. 그래서 모인 사람들이 세 명이다. 새털, 기린, 그리고 나. 하지만 처음 '으쌰으쌰!' 했던 것과는 달리 우리의 생각과 마음은 잘 모아지지 않았다. 각자가 방점을 찍는 지점이 다르고 몸이 움직이는 방식도 달랐기 때문이다.

해서 우리 셋은 2019년 1년 동안 '양생세미나'를 조직하고 몸에 대한 공부를 했다. 서로가 가지고 있던 감각의 차이를 확인하면서도 다른 한편으로는 비슷한 감각을 키울 수 있는 기회였다. 그리고 2020년에는 '인문약방'이라는 타이틀을 걸고 문탁 내에서 활동을 시작했다. 2019년에 공부한 것을 바탕으로 〈인문약방, 호모큐라스를 위한 처방전〉이라는 팟캐스트를 하고 있고, '양생프로젝트'라는 기획세미나를 열었다. 난생처음 팟캐스트 대본을 써 봤는데 정말 죽을 맛이었다. 글쓰기 선생 새털은 술술 쓰던데 나는 왜 그렇게 힘들던지. 그래도 대본 회의를 하면서 또 팟캐스트 녹음을 하면서 우리 셋은 좀 더 통하는 사이가 되어 가고 있다. 그만큼 인문약방의 그림에 디테일이 더해지고 있는 것 같다.

'양생프로젝트'에서는 미셸 푸코(Michel Foucault, 1926~1984)의 『성의 역사』(전4권)와 『주체의 해석학』을 공부하고 있는 중이다. 이 공부로 고대 그리스와 헬레니즘·로마시대에는 의학과 철학이 분리되어 있지 않았음을 알게 되었다. 그들은 스스로 자신의 몸을 돌보며 살았고 '한 번도 되어 보지 못한 자기'가 되기 위해 타인을 초대한다. 즉, 자기를 수양하기 위해 타인들의 충고와 지혜를 받아들인다. 이 개념을 한마디로 말하면 '자기배려'인데, 자기배려에서는 몸과 마음이 분리되지 않는다. 이런 자기배려, 자기 수양은 종국에 자기를 떠나 훨씬 더 확장된 시야를 갖게 되는 데까지 이어진다. 이는 스피노자가 말한 '공통'과 '우정'의 다른 변주 같다는 생각이 든다. 친구들과 더 공부해 가면서 '스스로 몸과 마음을 돌보는 좋은 삶', 즉 '양생'에 대한 담론과 실천들을 만들어 보고 싶다.

그리고 인문약방에서 일하고 공부하는 인문약방의 약사가 되고 싶다. 그간의 공부 덕에 내 직업이 나에겐 '로두스'라는 것을 비로소 알게 되었다. 특별한 무언가가 나를 위해 따로 마련되어 있다거나 하는 건 없다. 그것은 현실로부터 도망가는 사람들의 변명이고 지금-여기를 살지 못하는 사람들의 망상이다. 투닥거리다가도 의기투합하면서 나와 함께 공부하고 활동해 준 친구들이 있어서 나는 '여기서' 뛰고 싶어졌다. "여기가 로두스다. 여기서 뛰어라!"

1장

약사가 되면 돈 많이 벌 줄 알았다

나는 왜 약사가 되었을까? 의료 계열의 직업을 가진 사람들이 종종 말하는 아픈 사람을 치료하고 싶다는 사명감은 없었다. 내가 하고 싶었던 미술공부는 집안 사정상 어려웠고 엄마가 권하는 안정적인 전문직 여성의 삶을 거부할 용기도 나에게는 없었다. 솔직히 까놓고 말해서 난 돈을 많이 벌고 싶었다. '치유'나 '치료' 등 이런 것들을 생각하고 약대를 선택하지는 않았다.

전문가로 훈련된 첫 직장

첫 직장인 종합병원은 그야말로 빡셌다. 그때는 의약분업 전이라 내원하는 환자들의 처방을 모두 약제과에서 조제했다. 천 명 이상 오는 환자들의 약을 조제하느라 점심을 5분 만에 먹어야 하는 때도 많았고, 야간 근무를 할라치면 끝없이 오는 응급환자들 때문에 밤을 꼬박 새웠다. 사용하는 의약품의 가짓수가 많은 데다 새롭게 들어오는 약도 많았다. 그 모든 약의 의약품 코드, 효능, 부작용 등을 외우느라 힘들었다. 처방전에는 문제가 없는지 체크하기, 조제하기, 처방대로 맞게 조제되었는지 검수하기, 환자들에게 복용법을 설명하며 투약하기 등등으로 눈코 뜰 새가 없는 나날이었다. 책과 실험실에서 접했던 학문은 수많은 환자들과 의약품들로 실제가 되어 내 앞에 나타났고 나는 허덕이며 그 모든 것들을 습득하기 급급했다.

매일같이 아픈 사람들을 만나다 보니 나에게도 그들에 대한 연민이 생길 수밖에 없었다. 환자들에게 약 복용법 등에 관한 상담을 시작한 뒤부터였을까? 난 환자들이 약을 잘못 복용하여 그 효과를 반감시키고, 질병에 대한 이해가 낮아서 병에 차도가 없는 것 같아 안타까웠다. 특히 종합병원에서 의사를 만나는 시간은 채 5분을 못 채운다. 그러니 환자들은 약제과에 와서 의사에게 못한 말을 꺼내어 놓는다. 환자들과 직접적으로 만나고 얘기하면서 비로소 난 어떻게 이 사람들이 잘 낫게 도와줄까를 생각하기 시작한 것 같다.

병원약사회에서 실시하는 임상약학과 복약 상담 프로그램에 참여하여 좀 더 전문적인 공부를 하기 시작했다. 미국의 팜디

(Pharm.D, 임상약사)가 강사진으로 포함된 임상약학은 학교 때 배운 내용을 훨씬 초과해 어려웠지만, 질병들을 이해하는 데 도움이 컸다. 근무하던 병원에서 천식, 당뇨, 신부전 등 약 복용이 중요한 역할을 하는 질환에 대해 전문적인 복약 상담을 실시하고 환자 교육에도 참여했다. 또 병원 내에서 처방되는 약들을 어떻게 복용 지도해야 할지에 관한 핸드북을 함께 근무하는 약사들과 만들었다. 난 점점 더 전문적으로 되어 갔다. 내 머릿속에는 더 많은 지식들이 들어왔고 약사로서 자부심을 갖게 되었다. 그럴수록 더욱더 공부를 하고 싶어졌다. 어떤 공부든 끝이 없겠지만 그 공부는 너무 방대한 지식을 요구했고 정말이지 끝이 없었다.

약사라는 직업에 대한 사명감은 없었지만 아픈 사람들에 대한 연민이 생겨나자 그와 동시에 전문적 지식의 습득은 어떤 책임감으로 다가왔다. 더 많이 알아서 흔들리지 않는 지식을 가진 전문가로서 환자들에게 정확한 지식과 정보를 알려 줘야 한다고 말이다. 나는 그렇게 공부를 하면서 그 공부 내용에 대해 추호도 의심한 적은 없었다. 과학에 근간한 공부들은 내 안에 들어와 권위를 발휘했고, 나 또한 그런 권위의식으로 채워져 갔다. 연민과 권위의식이 뒤섞인 '치료' 또는 '의료'라는 개념이 서서히 내 안에 자리잡게 되었다. 나 스스로 느끼지는 못했지만.

전문성에 포함된 대상화

내가 이렇게 열심히 공부하는 것에 대해 누가 뭐라고 딴지를 걸겠는가. 전문가로서 너무도 당연하고 바람직한 자세라고 할 것이다. 그러나 내가 공부한 그 전문적 지식은 어떤 과정을 거쳐서 확립된 것일까?

대학교 1학년 때 마우스, 즉 실험용 쥐를 대상으로 쇠뜨기(속새과의 여러해살이풀)의 진통 효과에 대해 실험한 적이 있었다. 모든 마우스들에게는 통증 유발 물질이 먼저 주사되어 있었고, 쇠뜨기 추출물이 주사된 경우와 그렇지 않은 경우로 나뉘어 있었다. 내가 한 일은, 마우스 등에 쓰인 번호를 보며 해당 마우스들이 통증을 느낄 때 하는 행동의 횟수를 세서 기록하는 것이었다. 한 번 실험에 사용된 마우스들은 다른 실험에는 절대 쓰일 수 없다. 이미 주사한 물질들이 다른 실험을 방해하기 때문이다. 선배는 사용된 마우스 수십 마리를 한꺼번에 커다란 플라스크 속에 넣고 에테르를 부어 질식시킨 후 까만 비닐봉지에 담아 쓰레기통에 버렸다. 교수는 선배가 비닐봉지를 두 개 사용하려 하자 한 장만 쓰라고 나무라기까지 했다. 난 이 실험을 한 후 약리학 실험실에서 나왔다. 마우스들을 죽이는 것을 보고 더는 하고 싶지 않았기 때문이다.

약은 이런 과정 없이 개발될 수 없다. 처음엔 동물들의 대상화, 그다음엔 사람들의 대상화 과정이 필요하다. 신약의 개발은 이들을 대상으로 임상 시험을 하는 과정이다. 동물을 대상으로 독성이나 부작용을 연구하는 전임상 시험, 건강한 성인을 대상으로 하는 임상 1상, 환자를 대상으로 하는 임상 2, 3상을 거쳐 신약 발매가 결정된다. 그런데 신약은 발매 이후에도 임상 4상이라는 시험 중에 놓인다. 시판 후의 안전성과 유효성 검사인데, 쉽게 얘기해 부작용을 모니터링한다. 이 모니터링 기간 중에 부작용이 커서 판매 중지된 약도 많다.

내가 종합병원에 근무하는 동안에 판매 중지된 약들이 있었는데 특히 두 가지 약이 기억에 남는다. '프레팔시드'라는 위장약과 '아반디아'라는 당뇨약은 각각 부정맥과 심장마비 위험이 증가된다는 모니터링 결과로 판매 중지되었다. 두 약 모두 글로벌 제약회사에서 개발·판매된 약으로 그 처방량은 어마어마했다. 특히 프레팔시드는 위장운동을 촉진시켜 구토를 예방하기 위해 소아과에서 시럽 형태로 많이 처방되었다. 나에겐 큰 충격이었다. 그동안 그 약들을 복용한 사람들이 그렇게나 많은데 약 복용 당시 부작용이 없다고 이후에도 괜찮은 걸까? 그 많은 사람들의 평생을 어떻게 모니터링할 수 있을까?

이런 결과가 나올 가능성은 애초 약 개발 과정에 들어 있다.

각각의 몸의 특이성을 삭제하고 동질화하여야 약의 작용 메커니즘이 학문적으로 정립될 수 있고 상업적으로 그 약을 판매할 수 있다. 시판 후에 임상 시험 때보다 더 많은 사람들이 약을 복용하다 보면 당연히 그들 각각의 특이성으로 인해 부작용이 더 나올 가능성이 높아질 수밖에 없다.

하지만 과학이기 때문에 사람들은 기계적인 약의 작동에 대해 의심하지 않는다. 그러다 보면 몸의 아픔도 기계적으로 대하게 된다. 심플하다. 아프면 약으로 그것을 제거하면 된다. 나 또한 다르지 않았다. 아니 더 심했다고 봐야 할 것 같다. 내가 가진 지식의 권위가 강한 만큼 내가 몸을 기계처럼 여긴 강도도 컸다. 신출내기 약사일 때 일이다. 감기가 걸렸는데 빨리 낫고 싶어서 고함량 항생제를 먹었다. 얼마 후 온몸이 떨리고 식은땀이 났다. 그제사 그 약이 나에게는 과한 용량임을 깨달았다. 그때 내 몸은 약이 들어와 작동하는 기계였을 뿐이다.

내가 습득한 전문적 지식과 정보는 철저한 대상화로 얻어진 것이고 그것들의 적용에 있어서도 환자들을, 심지어 나 자신마저도 대상화하게 된다. 그런 대상화 결과를 완전무결한 지식으로 볼 수도 없다. 이런 지식으로 구축된 전문 영역에서 사람들은 스스로를 치유할 수 있는 능력을 점점 잃어버린다.

상품과 윤리 사이에서

나를 괴롭히는 문제는 또 있다. 사람들은 의사나 약사 등 의료 관련 종사자들은 사람을 살리는 일을 하니까 뭔가 달라야 한다고 생각한다. 그래서 높은 윤리의식을 요구한다. 그것은 스스로에게 요구하는 것이기도 해서 보건의료 부문에서 일한다는 것에는 늘 윤리적 고뇌가 따르기 마련이다. 하지만 병원이든 약국이든 당연히 이윤을 추구한다. 최근 영리 병원이 문제가 되는 것은, 보건의료 부분에서만큼은 이윤 추구에 제한을 두지 않으면, '유전무죄, 무전유죄'처럼 돈 없으면 치료도 못 받고 죽게 될 수도 있기 때문이다.

난 종합병원, 의약품 도매상, 제약회사 그리고 약국 등 여러 분야에서 일해 왔다. 특히 제약회사의 사업팀에서 일할 때는 자본주의의 최첨단에 내가 서 있다는 생각이 떠나질 않았다. 매해 매출 예산을 짜고 그것을 달성하기 위해 용을 쓰며 악바리로 일했다. 그러나 내 일은 어디까지나 'B to B'(기업 대 기업 간 거래), 즉 제약회사들이 고객이었다. 그러다 보니 내가 장사꾼이라고 한들 크게 신경이 쓰이질 않았다. 아픈 사람들을 직접 보는 일은 없었으니까. 그러나 내가 판 상품도 결국 약이고 환자들이 최종 고객임을 가릴 순 없다.

반면 약국에서 근무하다 보면 직접적으로 환자들을 만나기 때문에 윤리적으로 괴로울 때가 많다. 내가 아픈 사람들을 치료하고 있다는 생각보다 장사를 하고 있다는 생각이 들기 때문이다. 요사이 약국의 주 매출은 처방 조제로 바뀌었지만, 여전히 일반의약품(의사 처방이 필요 없는 의약품) 매출도 중요하다. 그러니 근무 약사 입장에서는 일반의약품을 좀 팔아야 밥값을 한 것 같은 생각이 든다. 물론 필요도 없는데 권할 수는 없다. 꼭 필요한 약을 권했는데도 나의 선의를 장사꾼의 영업 정도로 생각하는 사람도 많다. 어떤 사람들은 약국에 들어오면 마치 슈퍼에서 상품을 고르듯 쇼핑을 한다. 약국 자체도 매출을 올리기 위해 다른 상점들처럼 상품 배치에 무척 신경을 쓴다. 그러니 내게는 약국이 약사만이 개설할 수 있는 전문기관이라기보다는 상점처럼 느껴질 때가 많다.

또 처방전 조제에 있어서도 늘 나를 괴롭히는 문제가 있다. 처방전을 검토해서 용량이라든가 약물 상호작용상 문제 등 처방이 잘못된 경우는 의사에게 전화를 해서 고치지만, 처방 내용까지 왈가왈부할 수는 없는 것이 현재 의료 실정이다. 처방 내역을 보고 있노라면 한 의사가 습관적으로 처방하는 위장약에 한숨이 나오기도 하고, 누가 오든 똑같은 감기약 처방에 가끔 헛웃음도 나오지만 딱 거기까지이다. 그러다 보니 내가 조제하는 기계 같은 기분이 든다. 전문직은 철옹성처럼 남의 간섭을 받지 않지만 그렇기 때문에 철저히 자기 분야에 머문다. 그 밖으로 나가는 것이 허락되지 않는다.

돈은 별로 못 벌었지만

철옹성 같은 전문성은 기득권으로 연결된다. 그간 의료 전문직들의 기득권 싸움을 두 번 겪었다. 그때마다 다들 '국민 건강 수호'라는 윤리적 대의명분을 내걸었지만 밥그릇 싸움이라는 본질을 감출 수는 없었다. 대학교 3학년 때 한의사와 약사 간의 분쟁, 2000년 의사와 약사 간의 분쟁이 있었다. 결과적으로 약사들은 한약에 대한 권리를 잃었고, 처방권은 의사에게 독점되면서 의약분업이 실시되었다. 이런 분쟁 때마다 내 안에서 두 가지의 마음이 싸웠다. 어떤 방향이 옳을까 고민하면서도 내 기득권을 지키고 싶은 마음도 떨칠 수 없었다.

약대 들어간 지 얼마 안 돼 한 교수님한테서 들은 말이다. "원하든 원하지 않든 너희들은 기득권자가 될 것이다. 약대 보낸 부모님들 대부분은 가난하다. 그들은 너희가 돈을 많이 벌기를 바라고 있다." 난 이 말을 들었을 때 가난한 내 부모가 생각났고 큰 반감은 들지 않았다. 오히려 졸업하고 약사가 되면 돈을 잘 벌 수 있겠구나 기대됐다. 기득권 분쟁이 일어날 때마다 내 안의 이중적인 마음과 함께 교수님의 말이 떠올라 씁쓸했다.

하지만 약사가 된 나는 돈 많이 벌겠다는 목표와는 한참 먼 지점에 서 있다. 뭐든 열심히 했고 그렇다고 돈과 무관하게 산 것도 아니지만 말이다. 전문직이라는 철옹성에서도 자본주의 사회가 원하는 대로 살지 못했기 때문일 것이다. 또 여기저기 샛길로 빠지면서 철옹성에서 정주하고 싶지도 않았다. 지금은 적게 벌고 적게 쓰자고 일주일에 이틀 알바 약사로 일한다. 역으로 생각하면, 주 이틀 근무로도 먹고살 만한 구조가 가능한 것이 바로 전문가 시대이다. 이 구조는 태생부터 비윤리적이다. 대학의 전공이 평생 먹고살 직장을 만드는 불합리함을 모두가 공정하다고 느끼게 하는 세상. 부자들이 의학이나 약학 전공으로 몰리고 있고, 제약기업이 전 세계의 정치를 주무르고 있다.

'전문성' 자체가 '상품'이다(이반 일리치는 『누가 나를 쓸모없게 만드는가』, 허택 옮김, 느린걸음, 2014에서 전문성을 상품으로 말하고 있다). 점점 더 세상은 이 상품을 구매하지 않으면 살 수 없게 될 것이다. 약사가 되어 돈을 많이 벌겠다는 생각은 전문성이라는 상품에서 기인했다는 걸 이제 알겠다. 약사가 되어 부자로 살길 원했던 엄마의 기대를 저버린 딸이 되었지만 오히려 나는 다행이라고 생각한다. 그렇게 번 돈으로 부유해졌을지도 모르지만 지금은 그런 삶이 건강하다고 생각하지 않는다. 그렇다면 우리는 무엇을 할 수 있을까? 우선은 이런 전문성과 상품에 대한 무한한 신뢰를 거두고 자신의 자율성을 믿어 봤으면 좋겠다. 나역시도 전문가이지만, 전문성에 대항할 수 있는 길을 찾아보고 싶다. 자율성을 회복하는 일은 혼자서는 어려울 거다. 함께할 친구들을 찾아보자. 삶을 소비가 아닌 자율적 생산으로 함께 채울 친구들 말이다.

2장

천식에 걸린 약사

천식이라는 아이러니

회사에 다닐 때 기침 감기를 심하게 두 번 앓았다. 두 번 다 기침
이 한 달가량 지속되는 감기였다. 기침을 해대면서도 난 병원에
간다거나 약을 먹는다거나 하는 적절한 조치를 취하지 않았다.
몸에 이상이 왔는데도 그것을 무시했다. '더 심해지면 약 먹지,
뭐'라는 생각도 있었고, 무엇보다 일을 최우선으로 하고 있었던
시기였다. 증상이 심해지자 폐렴인가 싶어서 내과에 가서 엑스
레이를 찍었는데 폐렴은 아니었고 기관지 알레르기였다. 다른
말로 하면 알레르기성 천식이다.

　그때는 그 상황이 아이러니하다고 생각했다. 종합병원에서
근무할 때 난 호흡기약물 상담서비스(Respiratory Service)를 전문
으로 하는 약사로서 폐질환 환자들에게 흡입제 사용법을 지도

했다. 그런데 내가 천식에 걸리다니…. 천식 치료제의 부작용을 너무 잘 알기에 처음부터 사용하고 싶지는 않았다. 그래서 예전부터 관심이 있던 단식과 채식 요법으로 몸을 정상화시키자 마음먹었다.

생애 최초의 단식을 3일 동안 했다. 그리고 동물권과는 아무 상관없이 오로지 내 몸을 위해 채식을 하기 시작했다. 등산도 하고 건강 관련 책도 열심히 읽었다. 비쌌지만 유기농으로 먹거리를 채우려고 노력했다. 대부분의 빵에 우유가 들어 있어서 책을 보고 직접 비건 빵을 만들어 먹기도 했다. 외국 고객들과 식사 자리에서도 양해를 구하고 고기를 먹지 않을 정도로 철저히 채식을 했다. 점점 천식 증상이 호전되기 시작했다. 그러면 그렇지! 나는 단식과 채식의 전도사가 되었다. 그 성취감에 한껏 젖어 있었지만 몇 달이 지났을 때, 모든 것은 원래대로 돌아왔다. 다시 기침이 시작된 것이다.

알레르기성 천식은 사람에 따라 특정한 알레르기 유발 원인(알러젠)이 있다. 나의 경우는 집먼지 진드기. 하지만 공통적으로 알레르기를 유발하는 것은 바로 차가운 공기와 강도 높은 운동이다. 겨울바람이 불자 점점 내 천식은 심해지기 시작했다. 게다가 당시 가족의 죽음으로 몸을 돌볼 겨를도 없었다. 결국 폐활량이 25% 이하까지 내려가서 숨이 잘 안 쉬어지는 지경에 이

르자 난 제 발로 병원에 갈 수밖에 없었다.

난 내가 이 정도로 나를 방치할 수 있다는 것에 놀랐고 더욱이 약사이면서도 이 지경이 된 것에 자괴감을 느꼈다. 스스로가 창피해서 약사라는 것은 철저히 숨기고 치료를 받았다. 내가 피하고 싶었던 스테로이드 약물과 기관지 확장제는 드라마틱하게 천식 증상을 개선했다. 살 것 같았다.

의료화가 만들어 낸 신화와 맹목

폐질환 환자들에게 상담서비스를 했던 약사가, 천식에 대한 임상적 지식이 충분히 있는 내가 천식에 걸린 것이 정말 아이러니한 일일까? 질병에 대한 지식으로 질병을 예방할 수 있다면 의료 전문직들은 모두 장수할 것이다. 그러나 그것은 불가능하다. 조금만 둘러봐도 알 수 있다. 약사나 의사인데 큰 병에 걸려 투병생활을 하는 경우는 꽤 있다. 그럼에도 사람들은 덮어놓고 의료 전문직들은 건강할 것이라고 생각한다. 그만큼 현대 의료에 대한 믿음이 높은 것이다.

하지만 임상 공부를 하면서, 어떤 질병에 대해 "100% 이것이 원인이다"라고 확신하는 경우가 그렇게 많지 않음을 알게 되었다. 그래서 원인을 특정할 수 없는 경우, '특발성'(特發性, Idiopathic) 또는 '본태성'(本態性, Essential)이라는 말을 질병명 앞에 붙인다. '고유의 체질적 영향' 또는 '저절로 생기는 성질'이라는 뜻으로, 두 단어 모두 병의 원인을 모른다는 말이다. 고혈압의 대부분이 본태성 고혈압인 것처럼 질병의 원인에 대해 현대의학이 밝히지 못한 부분이 의외로 많다. 최근엔 특정 질환을 발병시키는 유전자를 찾아내기도 했지만 그 또한 그 유전자의 발현 여부가 불투명하기 때문에 어디까지나 가능성으로만 얘기될 수 있다.

물론 일부 감염성 질환의 경우는 백신과 항생제로 사망률을 낮췄다고 볼 수 있다. 하지만 항생제 남용으로 인해 항생제에 내성이 있는 병원균들은 계속해서 생겨나고 있다. 근대문명에 대한 비판적 글쓰기를 해온 철학자 이반 일리치 (Ivan Illich, 1926~2002)가 『병원이 병을 만든다』(박홍규 옮김, 미토, 2004)에서 말한 내용에 따르면, 결핵·콜레라·이질·장티푸스 등 많은 감염성 질환은 그 병의 원인균을 알아내고 거기에 따른 항생 요법을 발견하기 이전에 이미 발병률이 감소했다. 이 질병들이 감소한 가장 중요한 요인은 영양의 개선으로 사람들의 저항력이 높아졌기 때문으로 여겨진다. 사실 일반인들에게 권장되는 질병 예방법이라는 것도 외출 후 손 씻기 등 위생 강화, 각종 영양제

먹기, 운동하기 그리고 건강검진이라는 범위를 벗어나기 힘들다. 어떤 질병의 특정 원인에 따르는 조처로 보긴 어렵다.

의료의 진보가 질병을 통제할 수 있다는 것은 만들어진 신화일지도 모른다. 이반 일리치는 이런 신화가 만들어진 이유는 의료가 전문직으로 소수 사람들에게 독점되어 사람들에게서 스스로를 돌볼 기회를 빼앗기 때문이라고 말한다. 그리고 무엇보다 병은 비정상이라는 생각이 우리 속에 똬리를 틀고 있다. 그러한 강박이 우리를 병원으로 달려가게 한다. 아프면 치료를 위해 병원에 가고, 아프지 않으면 건강검진을 위해 병원을 간다. 사회는 거대한 병원이 되었다. 의료화된 사회는 질병에 처한 우리를 채근하며 미리 검진하지 못했다는, 건강을 챙기지 못했다는 자책과 후회로 몰고 간다. 그리고 우리는 의사의 지시를 따르는 아바타가 된다.

내게 천식은 아이러니에 비정상이었다. 천식이라는 진단명이 나오자 난 정상으로 돌아가야겠다는 생각밖엔 없었다. 단식과 채식으로 내 체질을 바꾸려 노력했고, 집 안에 공기청정기 등 온갖 렌털 제품들을 들였다. 바쁜 회사 스케줄과 그로 인해 치인 일상에는 아무런 변화가 없었다. 단지 내가 알고 있던 알량한 의학적 지식으로 좀 더 몸에 해가 되지 않는 방향으로 치료를 빨리하고 싶었을 뿐이었다. 천식은 사라져야 할 '악'이었고, 그것이

내 삶에 어떤 의미를 가지고 있는지는 전혀 생각해 보지 않은 채
말이다.

생명에는 병이 포함되어 있다

병은 비정상이고 악이라는 이분법 속에 갇혀 있다 보면 악의 뿌
리를 뽑기 위해 의학(이라는 과학)은 발달해야만 한다는 목적론
에 빠진다. '무엇을 위해' 또는 '누군가를 위해'라는 말을 앞세우
면 그 외 많은 것들이 악으로 낙인찍히고 배제되거나 제거된다.
이러한 소외를 만들어 내는 이분법적 생각의 틀에서 벗어날 수
있는 좀 더 근본적인 질문을 해보자. 도대체 "사람에게 '병'은 왜
생길까?"라고.

먼저 진화론적 관점에서 살펴보자. 진화는 생존이나 번식
에 유리한 형질이 남아서 후대에 유전되는 형식으로 진행된다.
이를 어려운 말로 '자연선택'이라고 한다. 자연선택에 따르면 진
화가 거듭될수록 질병에 취약한 개체는 도태되고 건강한 개체
가 살아남는다. 또는 개체들의 질병에 대한 방어 능력이 강해질
것이다. 따라서 병의 유전은 진화론적 상식으로는 설명이 안 된
다. 생존을 위협하는 질병이 오히려 생존에 유리한 형질로 선택

되었다는 모순이 생긴다. 도대체 어떻게 된 일일까?

샤론 모알렘은 『아파야 산다』(김소영 옮김, 김영사, 2010)라는 저서에서 유전되는 병들 중 일부는 개체의 생존율을 높이기 위한 진화적 선택이었음을 밝히고 있다. 장기적으로는 그 질병 때문에 죽겠지만 당장은 살아남아서 후손을 남기기 위함이었던 것. 여기서는 소아 당뇨병(제1형 당뇨병)을 예로 들어 보자. 소아 당뇨병은 보통 성인 당뇨병(제2형 당뇨병)과 다르게 췌장이 인슐린 분비를 잘 못하기 때문에 어려서부터 인슐린을 투약해야 한다. 그런데 북유럽 후손들의 소아 당뇨병 발병률이 월등히 높고 따뜻한 지역인 순수 아프리카, 아시아, 히스패닉 계열 후손들에게서는 소아 당뇨병을 거의 찾아보기 어렵다.

샤론 모알렘이 찾은 진화론적 가설은 이렇다. 마지막 빙하기 이후 북유럽의 기온이 올라가자 사람들이 이곳으로 이주했고 인구가 늘어났다. 그런데 10여 년 만에 갑자기 30도 이상 기온이 급강하해 추위로 많은 사람들이 죽어 가게 되었다. 이때 인슐린의 역할을 떨어뜨려 혈당을 높인 사람들이 살아남았다는 가설이다. 당분이 부동액 역할을 해서 조직이 추위에 얼어 손상되지 않도록 한 것이다. 실제로 이와 같은 이유 때문에 다른 계절에 비해 겨울철에 사람들의 혈당 수치가 높아진다.

이러한 유전병들의 기원을 찾아 거슬러 올라가면, 그 선조들은 아팠기 때문에 살아남을 수 있었고 지금의 후손들이 태어날 수 있었다. 이렇듯 진화는 현재 환경에서 어떻게든 생존 가능성을 높이는 적응 또는 타협의 과정이다. 그래서 완벽하지 않다. 완벽하지 않은 진화의 결과인 유전자들은 또한 현재의 환경이라는 변수에 따라 어떤 식으로 발현될지 알 수 없다. 하지만 여기서 우리가 알 수 있는 것은 오랜 진화의 여정 속에 있는 우리의 신체가 완벽하지 않다는 것, 또 그렇기 때문에 언제든 아플수 있다는 사실이다.

동양의학의 관점은 어떨까? 동양의학에서는 오래전부터 인간이 원래부터 아픔을 품고 있는 존재라고 여기고 있었다. 『동의보감』에서 설명하고 있는 생명의 탄생 과정을 보자. 기운이 드러나지 않은 시점부터 생명은 시작한다. 기운이 생기고 형체가 갖춰진 다음, 그 형체에 성질이 나타나는 단계에서 '아'(痾)라고 하는 병증이 생기는데 이때 생명이 완성된다. 즉, 생명은 병과 함께 탄생한다. '아'는 '미병'(未病)으로 아직 발현되지 않은 병이다. 따라서 발현되었건 잠복되어 있건 병은 누구나 가지고 있는 것이다. 동양의학과 함께 음양오행론을 따르는 명리학으로도 비슷한 설명이 가능하다. 모든 인간은 음양오행이 조화롭게 태어나는 것이 아니라 치우쳐서 태어난다. 그래서 완벽할 수 없다. 역으로 말해, 음양오행이 조화롭다면 아예 생명 자체가 탄생할 수 없다. 그러니 조화가 깨진 상태인 아픔은 생명에게 필연이다.

　서양의 진화론으로도 동양의 의학과 역학(易學)으로도 '생명에 병이 포함되어 있다'는 같은 인식이 가능하다는 사실이 놀랍다. 천식이라는 아픔은 내가 살아온 삶의 과정에서 필연적으로 나타날 수밖에 없었구나! 나는 질병의 필연성을 알고 난 후 마음이 편해졌다. 더 이상 내게 천식은 아이러니도 비정상도 아니게 된 것이다. 더 이상 약국에 오는 환자들도 비정상인들이 아니고 약사가 아픈 것이 수치가 되지 않는다. 이제 내게 남은 문제는 "이 아픔을 어떻게 겪을 것인가?" "어떻게 천식과 함께 살아가야 할 것인가?"이다.

천식과 함께 살아가기

"사람에게 왜 질병이 생겼나?"라는 질문에 질병의 필연성이란 답을 찾고 나니, 그제사 "내가 왜 천식에 걸렸을까?"를 삶 속에서 좀 더 오래도록 그리고 깊숙이 볼 맘이 생겼다. 삶을 들여다보고 싶지 않아서 자책으로 얼버무렸던 문제의 답들을 찾아 나선 것이다. 물론 그 답들은 정해진 것도 아니고 하나도 아닐 것이다. 왜냐하면 천식은 그 증상이 계속되는 한 계속해서 내게 묻기 때문이다. 또 내 일상이 지속되는 한 난 이런저런 답들을, 의미들을 찾을 것이다.

알레르기 반응이란 면역 반응이다. 다른 사람들의 면역체계에서는 받아들이는 어떤 물질을 나의 면역체계는 명백한 외부물질로 인식한다. 그래서 면역세포들이 출동하여 그 물질과 싸운다. 그 결과 나의 경우는 기관지에 염증이 생기고 기관지가 좁아져서 기침이 나온다. 난 그 물질을 수용할 수 없는 것이다. 이것을 사람들 사이의 관계나 생활 속 나의 습관으로 치환해서 생각할 때가 있다. 내 입장이 너무 강해서 저 사람의 생각을 수용하지 못하고 알레르기 반응을 일으키고 있구나… 하고 말이다. 천식은 무엇 때문에 그렇게까지 내 입장을 강하게 주장하는지 자문하게 한다. 스트레스를 받으면 천식 발작이 일어날 때도 있다. 그럴 때도 그 스트레스에 대해 곰곰이 생각해 본다.

이제 난 "어떻게 살아가야 할까?"라고 내게 물을 때 '천식'을 빼지 않는다. 물론 살다 보면 천식 증상이 없어질 수도 있겠고 그럼 좋긴 하겠지만, 천식을 고치기 위한 특별한 일상으로 잔잔한 일상을 희생시키고 싶지 않다. "어떻게 살아가야 할까?"는 "어떻게 천식과 함께 살아갈까?"와 다르지 않은 질문이 되었고 약사로서 "어떻게 아픈 사람들과 만나야 할까?"라는 고민도 깊어졌다. 이 질문에 답하면서 사소한 것에서부터 난 다른 선택을 하게 되었다. 나쁜 공기에 영향을 덜 주고 싶어서 자동차 운행을 줄이고, 전기를 덜 쓰기 위해 전기주전자를 안 쓰고 엘리베이터도 덜 이용한다. 좀 시끄럽지만 저전력 DIY 공기청정기를 만들어서 쓰고 있다. 이제는 동물권 때문에 채식 위주로 식사를 한다. 그리고 동병상련이라는 말 그대로 아픈 사람들을 더 잘 이해하게 되었고 그들의 질문에 예전과는 다른 무게의 대답을 하게 된다. 이런 다른 선택들을 통해 나는 천식 이전과는 다른 삶을 살고 있다. 천식 덕에, 내가 아프기 때문에 내 삶이 바뀌고 있는 것이다.

3장

'셀프-메디케이션' 시대의 약

"지르텍 주세요." "오천원입니다."

약국에 있으면 특정 상품명의 약을 찾거나 아예 사진을 찍어 와서 약을 찾는 경우가 많다. 찾는 약이 없을 때 같은 성분의 제품이나 비슷한 제품을 권해 보지만 십중팔구는 그냥 돌아선다. 자칫 이익만 바라는 속물로 취급받기 쉬워서 나는 지르텍처럼 특정 상품을 찾는 사람에게 다른 약을 잘 권하지 않는다. 그래서 없으면 없다, 있으면 얼마다 식의 답변밖에 할 말이 없어진다.

예전에 비해 건강에 대한 사람들의 관심이 커지면서 약국에서 이런 무미건조한 대화는 늘어나고 있다. 특히 약은 광고 영향을 많이 받는 것 같다. 새로운 모델이 광고를 하면 여지없이 곧 그 약을 찾는다. TV를 잘 보지 않아서 새로운 광고나 신제품이 나온 걸 약국에 온 손님 때문에 알게 되는 경우도 많다. 어떨 땐 유튜브나 인터넷에 떠도는 주장을 믿고 무작정 약을 달라고 한다. 그런 정보들 중에는 나름 일리가 있는 것도 있겠지만 안전성 문제를 포함해 정립되지 않은 가설일 경우가 많다.

대표적인 케이스가 구충제이다. 한 연예인이 폐암에 개 구충제를 먹기 시작하면서 구충제는 만병통치약처럼 비화되기까지 했다. 인터넷에 떠도는 구충제 요법을 보니, 부작용은 무시한 채 비염, 대장질환, 암질환 등에 장기간에 걸쳐 거의 매일 복용하도록 권하고 있었다. 암은 차치하고라도 다른 질환들에 대해서는 적절한 치료제가 없긴 않고 또 생활상에서 살필 대목들도 있을 텐데, 효과가 입증되지 않은 약을 위험을 무릅쓰고 복용하는 것은 반대다. 만약 효능이 있다고 해도 독성이 크다면 절대 치료제로 나올 수 없다. 한동안 구충제가 장기 품절이었는데, 해당 연예인이 구충제 복용을 멈추면서 찾는 사람들도 줄었다.

'셀프-메디케이션'* 시대이다. 사소한 증상에도 매번 병원을 가는 것보다야 스스로 자신의 몸을 돌보기 위해 적절한 약이나 건강기능식품을 사 먹는 건 권장할 만하다. 그래서 나는 '셀프-메디케이션'이 전문가 시대를 보완할 수 있는 나름 괜찮은 개념이라고 생각한다. 우리나라에서는 영양제 등을 알아서 사

---

* 세계보건기구(WHO)는 '셀프-메디케이션'을 신체적 이상이나 증상을 스스로 진단하고, 치료하기 위해 약물을 사용하거나, 만성 또는 재발성 질환이나 증상에 대해 처방받은 약물을 간헐적 또는 지속적으로 사용하는 것으로 정의하고 있다.

먹는 정도의 개념으로 알려져 있지만 일본은 정책적으로 셀프-메디케이션을 추진하고 있다. 고령화로 의료재정이 악화되자, 병원에 가는 대신 일정액 이상 의약품을 구입하면 세금 혜택을 주는 제도를 실시하고 있다.

하지만 어떤 '셀프'인가가 문제이다. '셀프'를 구성하는 것이 자율이 아니라 타율이라면? 브랜드에 충성하고, 의료 전문가를 맹신하고, 각종 매체에서 떠드는 정보와 신빙성이 없는 카더라 통신까지 믿고 따른다. 아니면 독고다이식의 '셀프'일 수도 있다. 남의 조언에는 아랑곳하지 않고 내 몸은 내가 안다며 귀를 닫아 버리면 그 또한 위험하다. 약에 대한 오해와 상품 사회가 조장한 불신과 그리고 무엇보다 전문가 문화가 만든 의존성이 바람직하지 않은 '셀프'를 구성하고 있다.

약에 대한 오해

셀프-메디케이션을 생각할 때 약사로서 가장 염려되는 대목은 약에 대한 오해와 여기서 기인한 차별이다. 환자들은 제약회사의 인지도에 따라, 광고에 따라 덮어놓고 약을 차별한다. 또 의사가 처방해 준 약이라면 그 상품에 무조건 집착한다. 속상하고 답답할 때가 한두 번이 아니다. 특히 복제약에 대한 오해가 가장 크다. 오리지널 약에 비해 품질이 떨어진다고 생각하기 쉽지만 실상 그렇지가 않다.

의약품은 사람의 생명과 직결되어 있기 때문에 제품의 허가 자체도 어렵지만 요구되는 품질관리의 수준이 높다. 보건 당국은 의약품 제조·관리 기준을 정하고 그 품질을 철저히 관리·감독하고 있다. 의약품 제조소에서는 정기적으로 자체 감사 결과를 보고해야 할 뿐 아니라 보건 당국의 제조 현장 사찰이나 약국 감시는 생각보다 자주 있는 편이다. 규제가 강한 만큼 의약품 간의 품질 편차가 그다지 크지 않다고 생각한다.

복제약에 대해서 더 알아보자. 지르텍을 예로 설명해 보면, 지르텍은 UCB라는 제약회사에서 개발하여 1987년부터 판매를 시작했다. 각종 알레르기 질환에 쓰이는 항히스타민제이다. 이 약에 대한 특허만료는 (나라마다 조금씩 차이가 있지만 우리나라는 특허 보호 기간인 20년을 경과한) 2007년이었다. 특허가 풀리면 다른 제약회사가 지르텍과 똑같은 성분의 약을 복제해서 만들어 팔 수 있게 된다. 지르텍은 새롭게 개발된 약(신약)이라는 의미에서 '오리지널 의약품'(이후 오리지널)이라고 하고, 복제한 약을 '제네릭(Generic) 의약품'(이후 제네릭)이라고 한다.

오리지널은 그 약을 개발하는 데 든 엄청난 연구비와 시간을 고려해서 특허 기간 동안 높은 약가를 유지하지만, 제네릭의 경우엔 상대적으로 적은 비용과 짧은 기간 안에 제품화가 가능하다. 따라서 까다로운 보건 당국의 절차와 기준을 거치더라도 낮은 가격으로 오리지널과 같은 품질을 확보할 수 있다. 제네릭이 나오면 오리지널의 가격도 함께 인하되기 때문에 전체적으로 동일 효능군 시장의 가격이 인하되는 순기능이 있다.

그래도 오리지널이 낫겠지 생각하겠지만 꼭 그렇지만도 않다. 오리지널과 제네릭이 같은 원료의약품을 쓰는 경우도 있다. 제네릭 시장이 커지면서 오리지널 회사가 제네릭 자회사를 만들어서 같은 원료의약품을 쓴다거나, 가격 경쟁력을 올리려고 원료의약품을 아웃소싱하기도 한다. 제약업계에 근무하면서 이런 경우를 여러 번 경험했다.

이럴 때 오리지널과 제네릭의 구분은 무의미해진다. 그러니 제네릭을 명품 가방을 복제한 '짝퉁'처럼 취급하기에는 무리가 있다. 오히려 환자 입장에서는 같은 효과의 저렴한 약을 구할 수 있다면 좋은 일이다. 또 저렴하면서도 효과 있고 안전한 약을 쓰는 것은 건강보험 재정에 도움이 된다. 따라서 각국 보건 당국은 제네릭 소비를 장려하고 있다. 다만, 보건 당국이 제네릭을 우후죽순으로 허가하는 일은 재고했으면 좋겠다. 지르텍처럼 블록버스터급 의약품은 관련 제네릭이 많다. 우리나라에서 허가된 지르텍 복제약은 약 50종이나 된다. 동일 성분의 제네릭이 500종류가 넘는 경우도 있다. 사실상 같다고 할 수 있는 약 종류가 이렇게 많은 상황에서는 변별력이 별로 없기 때문에 리베이트라는 불법이 조장될 수밖에 없다.

어떤 셀프여야 할까?

며칠 전 옆 병원 의사한테서 전화가 와서 아무개 환자가 갈 테니까 그 약을 구해서 조제해 달라고 했다. 그 의사가 주로 처방하는 같은 성분의 다른 약을 환자가 효능이 다르다며 우기자 결국 딴 의사가 처방한 상품명대로 처방할 수밖에 없었던 모양이다. 그 환자가 가져온 처방전에 적힌 의약품들은 약국에 없었지만 동일 성분의 약이 두세 가지나 있었다. 나는 인내심을 가지고 약의 개발 과정을 포함해서 약효의 동등성 등을 설명하고 겨우 설득해서 대체조제*를 할 수 있었다. 약에 대한 오해는 의료진과의 소통을 막고 환자의 '셀프'를 오작동하게 한다.

---

* 대체조제란 처방에 나온 의약품을 성분·함량 및 제형이 같은 다른 의약품으로 대체하여 조제하는 것을 말한다. 체내에서 약물 농도의 변화가 오리지널과 동등한 경우 생물학적 동등성을 가지고 있는 약이라고 하여 의사의 사전 동의 없이 대체조제가 가능하다.

약국에서 일반의약품을 구입할 때도 오리지널이냐 제네릭이냐를 진짜냐 가짜냐 수준으로 따지는 사람들이 많다. 보통 약국에서는 오리지널과 저렴한 제네릭 한두 가지를 함께 구비해 놓는다. 다시 지르텍을 예로 들어 보면, 5천 원 하는 오리지널은 브랜드 충성도가 높은 사람이 찾는다. 2천 원 하는 제네릭은 형편이 어려운 노인들이나 경제성을 따지는 사람들이 잘 사 간다. 4천 원 하는 제네릭은 제형 개선으로 흡수율이 좋아서 지르텍보다 선호하는 사람들이 있다. 또 아예 지르텍의 부작용인 졸음이 없는 같은 효능군의 다른 성분의 약도 있다. 이런 저간의 사정을 약사와 단 두 마디의 말로 어떻게 알 수 있을까?

내가 문제 삼는 것은 '셀프'만은 아니다. '메디케이션'에 대해서도 문제의식을 가지고 있다. 즉, 약 자체에 대한 의존성이 너무 크다. 의사나 약사 같은 의료 전문직들도 환자만큼이나 약에 대한 신화를 가지고 있다. 약 없이 환자를 치료하기 힘들어한다. 한 의사가 쓴 글에서 의사들이 약을 처방하는 이유를 읽은 적이 있다. 환자들이 달라고 하기도 하고, 약의 즉각적인 효과로 환자를 흡족하게 하기 위해서 처방을 한다고 한다. 안 그러면 환자들은 즉각 다른 병원으로 가 버리기 때문이다. 약을 파는 입장인 약사는 두말하면 잔소리일 것이다.

이렇다 보니 처방도 판매도 과해지기 쉽고, 환자들도 약을 조금 주면 성에 차지 않아 한다. 단순한 감기에도 4~6가지의 약 성분이 처방되거나 판매된다. 약을 공부한 사람으로 솔직히 말하자면 이렇게 많은 약을 동시에 복용하는 경우에 대한 임상실험은 된 적이 없다. 어떤 약을 선택할지 따지기에 앞서 이렇게 약을 많이 복용하는 게 어떨지 생각해 봤으면 좋겠다.

조금만 아파도 이 병원 저 병원을 전전하고 걸핏하면 약을 삼킨다면 내 몸에 대한 앎이 쌓여 갈 수 없다. 내 몸에 대한 앎이 없으면서 어떻게 '셀프'가 되겠는가? 의료 분야는 전문성이 고도화되어 있고 그만큼 정보의 비대칭성도 크다. 달리 말하면 '셀프'를 행하기 어려운 분야이다. 사실 진정한 '셀프'는 약에 대한 정보를 많이 아는 것보다는 자기 몸에 대한 관심과 앎에서 오는 게 아닐는지. 자신의 몸에 대한 앎이 있어야 의료화된 사회에서 휩쓸리지 않고 지혜롭게 그리고 건강하게 살아갈 수 있다.

슬기로운 셀프-메디케이션(약국 활용법)

거기에 더해 여러 병원이나 약국을 전전하는 것보다 단골 약국이나 병원을 만드는 것이 낫다. 자주 가라는 게 아니고 환자의 병력이나 복약 이력을 알면 약사나 의사 입장에서도 도움을 주기 쉽기 때문이다. 이런 가운데 셀프-메디케이션을 한다면 더 바람직하지 않을까? 약국에 자주 오는 증상을 중심으로 내 이야기를 조금 해보려고 한다. 셀프-메디케이션에 도움이 되길 바란다.

우선 진통제를 습관적으로 먹지 않았으면 한다. 생각보다 진통제 부작용이 많다. 근육통에는 파스를 붙여 아픈 부위에만 진통제가 머물 수 있게 한다. 생리 때의 두통은 빈혈이 원인인 경우가 많아서 마시는 철분제를 한두 번 복용하면 경감된다. 또 심한 생리통이나 꼬일 듯 아픈 복통에는 경련을 가라앉히는 진경제 종류가 더 효과적이다. 위통에 진통제는 위장을 자극해 더 아플 수 있으니 삼간다. 치통의 경우 약을 먹으며 버티다간 치료 시기를 놓치기 쉬우니 빨리 치과를 가는 게 좋다.

초기 감기와 소화기 질환에는 한방 제제가 효과적이라고 생각한다. 초기 감기에 열이 나거나 두통이 있으면 패독산 종류를, 근육통이 수반되는 감기몸살에는 갈근탕을, 몸의 피로가 겹쳤다면 쌍화탕을 추천한다. 그 외에도 코막힘, 콧물, 가래나 기침 등의 증상에 따라 먹을 수 있는 한방 제제가 약국마다 잘 구비되어 있다. 단, 양약처럼 바로 콧물이 멎거나 열이 뚝 떨어지지 않을 수도, 낫는 데 시간이 걸릴 수도 있다. 하지만 감기약에 주로 포함되어 있는 해열(소염)진통제나 자율신경흥분제 등이 일으키는 부작용은 없을 것이다. 속이 쓰리거나 소화가 잘 안 될 때에는 한방 소화제 종류(반하사심탕, 평위산, 안중산, 소체환 등)가 좋다. 경우에 따라 위산 분비를 줄이거나 위장관 운동을 조절하는 양약을 함께 복용하는 것도 고려할 수 있다.

설사에 지사제를 함부로 먹으면 안 된다. 세균성 설사에 지사제를 복용하면 세균이 설사를 통해 몸 밖으로 빠져나가지 못해 위험할 수 있다. 나의 경우 설사를 하면 유산균 제제를 한꺼번에 5알 정도 먹는다. 장내 세균총 균형이 무너져 설사를 하는 경우가 많기 때문이다. 설사나 구토를 심하게 했다면 미네랄 보충을 위해 차갑지 않은 이온음료를 천천히 마시자. 변비에는 마그밀이라는 약을 권한다. 위산을 중화시켜 제산제로 쓰이며, 장으로 수분을 나오게 하여 변비에도 좋다. 장을 자극하지 않고 저렴하다. 또 합성하지 않고 천연에서 채취하는 약이라 안전하다.

상처나 화상을 치료할 때 가장 중요한 점은 세균 감염을 막는 것이다. 하지만 요새는 흉터가 남지 않는 걸 우선하다 보니 간단한 치료인데도 과도하게 돈을 쓴다. 우선 상처를 간단하게 소독하고 항생제 연고를 바르면 된다. 얼굴이 아니라면 굳이 습윤 치료제를 쓸 필요가 있을까 싶다. 흉이 심할 것 같으면 상처가 아무는 단계에서 흉터 제거용 연고를 써도 늦지 않다. 화상은 무엇보다 열기를 빼는 게 우선이다. 얼음찜질을 충분히 하고 나서 항생제 연고를 바르면 된다. 물론 상처나 화상이 심하다면 병원에 가서 적절한 처치를 받는 게 필요하다.

* * *

순전한 셀프-메디케이션은 불가능하다. 나 또한 혼자의 판단으로 해결이 안 될 때가 있다. 그럴 땐 의사에게 진찰을 받기도 하고 친구들하고 상의를 한다. 어떨 땐 약에 대해 1도 모르는 친구의 말 한마디가 내 몸에 금쪽같은 조언이 된다. 또 약이 아니라 운동을 하거나 생활을 규칙적으로 만들어야 할 때도 있다. 스스로 몸을 돌본다는 건 일상의 여러 관계들을 통과하면서 스스로가 어떤 선택들을 하는 것이다.

"지르텍 주세요"에 "오천 원입니다"라는 단 두 마디로 대화가 끝나 버리는 삭막함은 우리 모두의 무지와 무능력으로 만들어진 것이 아닐까? 약국이 사람들의 앎과 약사의 앎이 시시콜콜하게 이야기되어 만나는 곳, 이런 다양한 앎들이 만나 충돌하고 통하는 곳이면 좋겠다. 이런 상호작용의 결과로 약이 필요 없을 수도 있고 짧게 약을 쓸 수도 있다. 시간이 걸리더라도 최소한의 약으로 괜찮을 수도 있고 또 꼭 브랜드 약이 아니어도 괜찮은, 셀프-메디케이션을 바라 본다.

4장

영양제 = 다다익선?

약사라는 직업을 가지면서부터 주변 사람들에게 많이 받게 되는 질문 중 하나가 영양제에 관해서다. 최근엔 건강기능식품 시장이 활성화되어 제품들이 넘쳐나고 건강 관련 정보도 너무 많다. 어떤 제품을 사야 할지 또 어떤 정보가 믿을 만한지 사람들은 혼란스러워한다. 일부 사람들은 영양제의 광신도가 되어 커다란 약 케이스에 좋다는 영양제를 한가득 넣어 다니면서 끼니마다 한 주먹씩 삼킨다. 얼마 전 TV에서 한 연예인이 아예 영양제 방을 만들어 놓은 것을 보고는 아연실색했다.

며칠 전 동생네에 갔다가 몇 가지 영양제가 있길래 왜 먹느냐고 물었다. 크렌베리 추출물은 방광염에 좋다고 직장 동료가 추천해서 먹고, 베타글루칸은 염증을 없애 주니까 몸에 좋을 것 같아 먹는다는 대답이 돌아왔다. 동생이 알고 있는 베타글루칸의 주 효능은 내가 알고 있는 것(면역력 증강 등)과는 좀 달랐다.

게다가 동생은 방광염을 앓고 있지 않았다. 많은 사람들이 동생과 비슷한 것 같다. 확신은 없지만 남들이 좋다니까 먹고, 이것저것 먹어 보지만 특별난 효과를 느껴 본 적은 없다. 사람들에게 영양제는 그저 다다익선이다.

나는 기본적으로 음식을 골고루 잘 먹는다면 영양제를 따로 복용할 필요가 없다고 생각한다. 다만 일상 생활에서 스트레스나 과로가 심하거나 지병이 있을 경우엔 필요에 따라 한약이나 영양제를 먹으면 좋다고 판단하고 있다. 어쨌건 난 판단할 근거를 꽤 알고 있으니 편하게 얘기한다고 할지도 모르겠다. 그러나 조금만 더 생각해 보면 이러한 보충제니 영양제니 하는 것들은 대부분이 식물이나 광물 등의 천연물들, 특히 약초나 채소, 과일을 연구하여 발견한 성분들이다. 즉, 약이나 보충제가 아닌 음식으로 섭취할 수 있는 영양소들이 대부분이다.

그런데 실상은 이렇다. 사람들은 한편으로는 몸에 좋지 않다는 걸 알면서도 설탕과 기름과 조미료로 버무려진 저질의 음식을 과식하고, 다른 한편으로는 몸에 좋다는 보약이니 영양제 등을 과하게 복용한다. 더불어 여러 오염물질, 환경 호르몬, 각종 화학물질도 몸속으로 들어간다. 현대의 '과식'은 과거보다 훨씬 더 해롭다. 몸이 이 온갖 것들을 소화하고 흡수해서 대사하고 배설하기까지 얼마나 많은 에너지를 쓸 것이며 거기에 따라 내

장기관들은 또 얼마나 혹사당할 것인가.

몸의 세포들이 필요로 하는 것은 그렇게 많지 않다. 그리고 건강하게 살기 위해서 그렇게 많은 정보도 필요하지 않다. 균형 잡힌 식단으로 또 중고등학생들이 배우는 지식 정도로 우린 얼마든지 건강하게 살 수 있다. 스스로 자신의 몸에 관심을 더 가지기만 한다면!

학교 때 배운 영양소

중고등학교 때 우린 영양소에 대해서 배웠다. 3대 영양소는? 단백질, 탄수화물, 지방! 질문하면 답이 자동으로 나올 정도로 머릿속에 새겨져 있다. 여기에 비타민과 미네랄(무기질)을 포함시켜 5대 영양소라고 한다. 이 이름들은 익숙한데 생물 시간에 배운 내용은 가물가물하다. 가끔 과자봉지, 식품 포장이나 약병에 적힌 영양성분 표시에서 그 이름을 보기는 하지만 말이다. 어떤 사람들은 영양소가 약이나 보충제로만 섭취된다고 오해하고 있다. 잘 알고 있는 것 같지만 실제 잘 모르고 있는 게 영양소에 관한 지식이다.

왜 '3대'니 '5대'니 하는 말을 앞에 붙였을까? 그만큼 중요하기 때문이다. 이 영양소들은 인간의 성장과 생명 유지에 반드시 필요하다. 그런데 인체 내에서는 합성되지 않거나 불충분하게 합성되니까 음식으로 섭취해야 한다. 그런 의미에서 필수 아미노산이나 필수 지방산에 '필수'라는 말이 붙었는데, 사실 5대 영양소는 모두 '필수' 영양소이다. 예컨대 많은 동물들의 경우엔 비타민 C가 필수 영양소가 아니다. 왜냐면 그들은 간에서 비타민 C를 합성하기 때문이다. 반면 인간을 비롯한 영장류는 비타민 C를 합성하지 못하므로 음식 등으로 섭취해야 한다.

영양소는 우리 몸의 구성 성분이 되고, 에너지원이고, 온갖 대사를 포함한 생리 작용에 필요하다. 탄수화물, 단백질, 지방은 에너지원이면서 근육, 호르몬, 효소, 세포막 등을 만드는 데 사용된다. 비타민과 미네랄은 미량이지만 세포 내외의 체액과 호르몬 등을 구성하고 인체의 여러 생리 작용에 참여한다. 특히 인체 대사의 상당 부분을 책임지는 효소 작용을 돕는 조효소(coenzyme)의 대부분은 비타민이다.

영양소가 결핍되면 당연히 몸에 문제가 생긴다. 면역력도 떨어진다. 이럴 때 우리는 몸의 변화를 바로 증상으로, 질병으로 해석한다. 그리고 병원이나 약국에 가서 약을 받고 복용한다. 몸이 아프면 어떻게 먹고 배설하고 있는지, 잠은 잘 잤는지, 과로는 하지 않았는지 등 일상을 먼저 살펴야 하지만 그게 잘 되지 않는다. 더구나 소화기계 문제가 아니면 식생활은 간과되기 쉽다.

기묘한 영양실조

비타민은 결핍증을 통해서 발견되었다. 항해술의 발달로 오랜 기간 동안 배를 타게 된 선원들은 음식의 불균형으로 인해 여러 결핍증에 시달렸다. 채소나 과일 등 신선한 음식을 못 먹어서 괴혈병(비타민 C 결핍)에 걸리거나, 장기간 흰 쌀밥만 먹은 일본제국 해병은 각기병(비타민 B1, 곧 티아민의 결핍)으로 죽기도 했다.

TV 다큐멘터리에서 중국 한 고산족의 영양 결핍 사례를 본적이 있다. 이들은 밀가루 위주의 식사를 하고 채소는 귀해 거의 못 먹었다. 채소 섭취 부족은 엽산 결핍을 낳았고 따라서 대를 이어 기형아를 낳을 수밖에 없었다. 중국 정부가 밀가루에 엽산을 강화하면서 이 문제는 해결되었다. 차마고도로 유명한 중국과 티베트의 교역도 비슷한 이유로 시작되었다. 티베트 사람들은 채소 대용으로 자신들의 말과 바꾼 중국의 차를 마시며 건강을 보살폈다고 한다.

지금처럼 먹을 게 풍족하지도 않았고 종종 기근이 찾아왔지만 채소와 통곡식 위주의 전통적 식생활에서 먹거리가 문제를 만드는 일은 없었을 것이다. 즉, 절대적으로 못 먹어서 영양실조가 있었을지언정 일상 먹거리가 독으로 작용하진 않았다. 하지만 산업화로 인한 가공식품과 패스트푸드 및 외식의 발달은 여러 문제를 발생시켰다. 탄수화물 위주의 식생활이 만들어졌고 특히 설탕의 소비는 위험 수위를 넘은 지 오래다.

먹거리에는 칼로리와 영양소가 함께 존재하지만 가공되는 과정에서 영양소가 깎여 나가고, 장기간 보존을 위해 첨가제와 보존제 등 각종 화학물질이 추가된다. 이런 음식들을 먹으면 칼로리는 남아도는데 영양은 부족한 기현상이 일어난다. 몸에 들어오는 영양소는 부족한데 넘치는 칼로리를 처리하느라 영양소는 더욱 필요하게 된다. 이런 식생활에서는 누구나 영양실조에 걸리기 쉽다.

현대의 영양실조는 산업화가 만들어 냈다고 해도 과언이 아니다. 이런 희한한 영양실조는 가축이라고 사정이 다르지 않다. 거대 농업 자본은 곡식에서 이익을 보고 있고 공장식 축산과 세트로 움직인다. 동물 부산물이 섞인 곡식 사료를 먹는 가축과 우리는 처지가 비슷하다. 사람이건 가축이건 농업 자본이 생산하는 유전자 조작 곡식을 피하긴 힘들다. 또 감기 같은 감염성 질환에 자주 시달리고 항생제를 엄청나게 복용하고 있다. 풀이나 벌레를 못 먹은 가축들도, 그 고기를 먹는 인간들도 영양실조

이긴 마찬가지다.

무엇보다 산업화는 우리 스스로에게 음식을 준비하여 여유 있게 식사를 하는 시간의 가치를 폄하하게 했다. 사람들의 일상에서 그 시간들이 점점 사라져 간다. 식사 준비에 쓰는 시간도, 식사하는 시간도 아까우니 패스트푸드와 가공식품 섭취는 날로 늘어날 수밖에 없다.

영양제의 중도

요컨대, 잘 먹자는 얘기다. 특히 비타민과 미네랄의 보고인 채소를 다양하게 많이 먹자. 채소를 식사에 포함시키면 이로운 점이 한 가지 더 있다. 바로 섬유질로 인해 함께 먹는 곡식의 탄수화물이 천천히 흡수된다는 점이다. 그러면 급작스런 혈당 상승으로 인해 발생하는 여러 문제를 줄일 수 있다.* 최근엔 물과 섬유소를 포함시켜 7대 영양소를 말한다.

---

* 급작스런 혈당의 상승은 여러모로 몸에 좋지 않다. 많은 양의 인슐린을 분비하느라 췌장은 지치고, 다량으로 자주 분비되는 인슐린에 대한 세포의 저항성이 늘어난다. 당뇨병은 이렇게 발병한다. 피가 끈적해지면 혈액 순환도 잘 안 될뿐더러 감염에 대응하기 위한 면역세포의 움직임이 둔해진다. 설상가상 세균이나 암세포는 당을 무척 좋아한다. 현대의 많은 질병은 탄수화물 위주의 식사에서 기인한다는 주장도 일리가 있어 보인다.

그럼에도 영양제를 딱 하나 먹어야 한다면, 종합비타민에 미네랄이 함께 들어 있는 제제를 추천한다. 약국에서 파는 비타민·미네랄 제제는 종류가 다양하고 가격 부담이 적다. 대부분 합성된 성분으로 구성되어 있어서 천연비타민*에 비해 저렴하다. 합성비타민보다 천연비타민이 훨씬 좋다고 말하는 사람들도 있다. 내 생각에는 합성비타민이 안 좋다면 합성 과정에서 생성되는 불순물 때문이다. 이런 화학물질은 되도록 피해야 하겠지만 그래도 약은 높은 수준에서 불순물 관리를 하고 있기 때문에 비교적 안전하다. 요즘 세상에 화학물질이 전혀 들어 있지 않은 제품을 찾기란 힘들다. 이는 천연비타민도 예외는 아닐 것이다. 천연비타민도 좋겠지만 저렴하고 함량이 높은 합성비타민도 충분히 도움이 된다. 나는 지금 합성비타민을 먹고 있다.

그다음으로 언급하고 싶은 영양제는 세 가지 정도이다. 산업화와 의료화로 인해 바뀐 생활양식 때문에 필요해진 영양제라고 할 수 있다.

첫번째로는 건강한 장을 위해 유산균 제제를 추천한다. 장내 미생물들은 각종 비타민을 생산하고 또 우울증을 치료하는

---

* 천연비타민의 주 원료는 맥주 효모이다. 여기에 채소나 과일 등의 식물에서 추출한 비타민을 추가해서 제품화한다. 하지만 모든 종류의 비타민과 미네랄을 천연으로 하기는 어려워서 100% 천연인 제품을 찾기가 그렇게 쉽지는 않다.

신경전달물질인 세로토닌도 다량으로 만들어 낸다. 장이 건강해야 영양소 흡수와 노폐물 배설도 잘 되고 기분 조절에도 좋은 영향을 끼친다. 하지만 강박적 위생 관념과 항생제 남용은 장내 유익균을 죽인다. 또 유익균의 먹이인 섬유질이 부족한 식사는 더욱 장 건강을 나쁘게 하고 있다. 장도 채소를 충분히 먹는다면 충분히 건강해질 수 있다. 채소 안에 있는 섬유질이 유산균의 좋은 먹이, 즉 프리바이오틱스가 되어 장내 유익균을 늘려 주기 때문이다.

두번째는 항산화 제제이다. 활성 산소는 세포 속에서 미토콘드리아가 에너지를 만드는 과정에서 생긴다. 이렇게 생긴 활성 산소는 세포 내 항산화 체계에 의해서 대부분 없어진다. 일정 정도의 활성 산소는 몸에 침입한 세균을 죽이는 등 몸에 좋은 역할을 한다. 하지만 과하게 생성된 활성 산소는 주변의 세포막, 단백질, DNA를 산화시켜 제 기능을 못하게 한다. 즉, 세포를 죽게 만든다. 활성 산소가 과하게 생기는 원인으로는 과격한 운동, 스트레스, 산화된 기름(튀긴 음식), 오염된 공기, 방사선, 자외선 등으로 일상에서 기인하는 경우가 태반이다.

항산화 제제의 중심도 비타민에 있다. 대표적인 항산화물질이 바로 비타민 C와 비타민 E이다. 이 외에도 코엔자임 Q10,

식물에서 추출되는 플라보노이드(폴리페놀), 카로티노이드*도 항산화물질이다. 다양한 채소를 먹는다면 부족한 항산화물질을 충분히 얻을 수 있다. 식생활로 실천이 어렵다면 종합비타민에 비타민 C 정도만 추가해서 먹어도 항산화 작용은 충분하다고 생각한다(비타민 E는 종합비타민에 들어 있는 정도의 양으로도 충분하다).

세번째는 비타민 D이다. 비타민 D는 칼슘 대사에 관여해 골다공증을 예방한다. 최근엔 비타민 D의 부족으로 여러 질병들이 발생한다는 연구 결과가 속속 나오고 있다. 가장 눈에 띄는 것은 암환자들이 공통적으로 체내의 비타민 D 수치가 낮았다는 연구 결과이다. 오존층의 파괴로 강해진 자외선, 오염된 공기와 미세먼지를 피하다 보니 요즘은 실내 생활은 늘고 햇볕을 쬐는 일은 줄었다. 더불어 비타민 D의 합성도 줄어들었다. 일조량이 적은 겨울철엔 복용을 고려해 보자.

---

* 식물 색소는 엽록소, 카로티노이드, 플라보노이드가 있는데 이 색소들이 대부분 항산화 작용을 한다. 최근 연구들이 더 진행되어서 이 색소들의 개별적인 효능이 발견된 경우는 약이나 보충제로 나오고 있다. 플라보노이드 계열에는 쿠르쿠민(강황), 안토시아닌(검정콩, 오디, 자색 고구마), 실리마린(엉겅퀴), 이소플라본(메주콩), 카테킨(녹차), 타닌(녹차, 떫은 감), 퀘르세틴(양파), 세사미놀(참깨), 루틴(메밀), 시네올(생강) 등이 있다. 카로티노이드 계열에는 베타카로틴(당근), 리코핀(토마토), 루테인(시금치, 케일), 제아크산틴(시금치, 케일), 크립토크산틴(호박, 감), 안토크산틴(귤 껍질), 캡사이신(고추), 아스타크산틴(새우와 게 껍질) 등이 있다.(괄호 안은 해당 색소가 함유되어 있는 대표적인 먹거리. 윤철호, 『스스로 몸을 돌보다』 상추쌈, 2013 참조)

* * *

다양한 채소 중심의 식생활과 과격하지 않은 꾸준한 몸의 움직임. 잘 자고 그때그때 스트레스를 풀어 주고 무리하지 않기. 이런 일상을 보낸다면 영양제는 따로 필요 없을 것이다. 하지만 현대를 살아가는 우리의 조건이 만만치가 않다. 이번 기회에 식단을 점검해 봤는데 나도 현대인의 조건을 피해 가기가 힘들었다. 나 역시 영양실조라는 뼈아픈 진실을 인정하고 원래 먹고 있던 유산균 제제에 종합비타민제를 추가했다. 구석에 처박혀 있던 비타민 C도 생각나면 한두 알 챙겼다. 무엇보다 채소를 많이 먹으려고 노력했다. 기름기 있는 음식을 싫어해서 부족해진 오메가 3 지방산을 채우기 위해 들깨를 먹었다. 2~3주 만에 몸 컨디션이 좋아지는 게 확연히 느껴졌다. 이것이 현재 나에게 있어 영양제의 중도이다. 각자의 중도를 찾아 영양제를 선택해 보기를 권한다. 하지만 그 중도는 식생활 등 일상의 변화 없이는 찾기 힘들다. 변함없는 일상에 자꾸 더해지는 영양제는 다다익선이 될 수 없다.

*영양제 복용 시 주의 사항

영양제를 복용할 때 포장에 표시된 복용량을 지킨다면 특별히 주의할 사항은 그렇게 많지 않다. 다만 다른 영양제를 추가로 복용하게 될 때 성분이 중복되어 과잉 섭취하게 되는 건 아닌지 살펴보자. 수용성 비타민(B군, C)은 필요 이상의 양이 섭취되더라도 소변으로 쉽게 배출된다. 다만 신장의 수산 결석 환자의 경우 비타민 C의 수산염 대사물이 배설되는 과정에서 결석을 만들 가능성이 크므로 하루 1000mg 이상 복용을 금한다. 지용성 비타민(A, D, E, K)을 과잉 섭취하면 체내에 축적되어 독성이 생길 수 있으니 종합비타민제에 추가로 먹을 경우 권장량을 넘지 않도록 해야 한다.

식후냐 식전이냐에 따라 흡수율에 영향이 있지만 그보다 꼬박꼬박 먹는 게 중요하기 때문에 복잡한 복용법이 오히려 해가 된다. 따라서 미네랄끼리 만나 서로 흡수율이 저하될 수 있음에도 종합영양제에는 미네랄이 모두 포함되어 있는 것이다. 그럼에도 식후 바로 먹는 것이 가장 좋다. 미네랄들이 위벽을 자극하는 것을 방지하고 지용성 비타민이 식사에 섞여 있는 기름성분에 더 잘 녹아 흡수율이 올라가기 때문이다.

물과 함께 복용하는 것이 가장 좋다. 커피나 차 종류는 미네랄의 흡수를 방해한다. 또 장에서 녹도록 설계된 대부분의 유산균제제는 우유나 제산제와 함께 복용하면 안 된다. 중화된 위산 때문에 위에서 녹아 장에 도달하지 못하게 된다. 항생제와 함께 복용하면 유산균도 죽기 때문에 제 효과를 발휘하지 못한다고 해서 항생제 복용 시 유산균을 복용하지 않으면 오히려 손해다. 항생제로 장내 세균들이 죽어 설사를 할 때는 오히려 유산균의 섭취량을 늘려야 한다. 최대한 항생제 복용 시간과 차이를 둬서 유산균을 복용해 보자.

영양제는 대부분 식품에서 유래한 성분이므로 절대로 함께 먹어서는 안 되는 경우엔 의사들이 이미 식품 단계에서부터 주의를 준다. 인터넷에 나와 있는 정보에 너무 휘둘릴 필요는 없다. 지병이 있고 장기간 복용해야 되는 약이 있다면 의사나 약사와 미리 상담해서 주의사항을 숙지하자.

5장

현대판 만병통치약, 진통제

첫 직장인 종합병원에 다녔을 때 동기 가운데 한 명이 웬만하면 약을 먹지 않으려고 해서 속으로 비난한 적이 있다. '아니 약학을 공부한 사람이 자신이 공부한 학문을 부정하는 것도 아니고 아픈데 왜 참지?' 난 이해할 수 없었고 되레 그녀가 무식(?)해 보였다. 생리통이나 두통으로 괴로워하면서도 그녀는 진통제를 먹지 않았다. 이유를 물어봤다. 그녀의 대답은 "약은 독이다"라는 원론적인 얘기였다. '참내! 그렇지, 원래 약은 독이 될 수 있으니 잘 쓰여야 하는 거고 그래서 약학이 있는 거야!!' 나는 속으로 외쳤다.

그러던 내가 최근 1~2년 동안 소염진통제를 한 알도 삼키지 않았다. 소염진통제는 초기 감기, 인후염, 염좌나 근육염, 두통, 치통, 생리통 등 각종 염증과 통증에 효과가 있고 활용도가 높아 약국에서 많이 팔리는 약이다. 개인적으로도 가장 쉽게 또 자주 먹었던 약인데도 이런 결정을 한 데에는 이유가 있다.

2년 전, 연초부터 걸린 독감 후 기관지염이 심하게 와서 병원들을 전전하다 약을 너무 많이 복용하게 되었다. 그 해 여름부터 온몸에 두드러기가 나더니 수개월 동안 지속되었고 그 양상도 대단했다. 엄청나게 가려웠고 긁으면 어마어마한 크기로 합해졌다. 좀처럼 없어지지 않는 두드러기가 예사로 보이지 않았다. 한방과 양방을 함께 공부한 나로서는 간에 무리가 온 것 같다는 생각에 다다랐다. 짧은 기간 동안 너무 많은 양의 약을 먹어서 몸에 부작용이 나타난 것이다. 단식을 했고 혈을 보충해 주는 사물탕과 간에 영양을 주는 실리마린 제제를 복용했다. 그리고 대부분의 약들은 간에서 대사를 받기 때문에 다른 약들은 모두 끊었다.

더 들여다보니 내가 간과한 게 또 있었다. 바로 소염진통제의 부작용이다. 늘 인지하고 있던 부작용 이외에 문제시되는 부작용이 더 있었던 것. 다른 약들에 비해 소염진통제에 관대했던 나의 태도엔 무엇이 도사리고 있었을까? 일상을 양보하기 싫어서 작은 '아픔'도 수용하지 못하고, 사소한 부작용을 무시하며 약을 먹었던 내가 보였다.

통증과 진통의 메커니즘

통증은 왜 생길까? 가령 칼에 손이 베이면 피가 난다. 지혈도 해야 하고 또 상처를 통해 세균에 감염되지 않도록 해야 한다. 이렇게 몸에 일어난 위험한 사태를 뇌에 전달하기 위해 우리 몸이 사용하는 방식은 통증이라는 확실하고 강한 감각이다. 상처 부위에서 프로스타글란딘, 브래디키닌, 히스타민, 세로토닌 등의 화학물질들이 나와서 말초에 있는 통각 수용체를 활성화한다. 그리고 신경섬유를 통해 척추를 경유해서 뇌로 자극이 전달된다. 자극은 전기적 신호로 변환되어 전달되는데 이 과정에서도 신경전달물질 등 다양한 종류의 물질과 여러 수용체 및 신경세포 들이 관여한다. 물론 그 반대 작용인 통각을 억제하는 과정도 중추신경으로부터 말초신경 쪽으로 일어나는데 이때 나오는 물질들은 통각의 신경전달을 차단한다. 이런 여러 물질들의 작용이 모여 통증이라는 감각을 만들고 조절한다.

그런데 통증은 단지 생리적 지각만이 아닌 지각에 대한 감정적 반응이 포함된 복합적인 감각이라고 한다. 따라서 그 사람의 심리적 상태도 통각에 영향을 미친다. 통증에 관여하는 물질들은 통증 이외에도 발열, 가려움, 염증, 감정 등 많은 생리적·심리적 작용에 관여하고 있다. 따라서 통증이라는 증상을 단순히 기계적으로 해석하기는 어렵다. 통증이 있으니 진통제를 먹으면 된다는 단순한 발상과는 다르게 통증은 우리 삶과 아주 복잡한 관계를 맺고 있는 것이다.

우리가 흔히 복용하고 있는 진통제는 통증, 염증 그리고 발열에 관여하고 있는 프로스타글란딘의 합성을 억제하여 진통·소염·해열 작용을 한다. 타이레놀로 대표되는 아세트아미노펜 성분의 약은 소염 작용은 미미해서 해열진통제라고 부른다. 부루펜이나 아스피린으로 대표되는 비스테로이드성 소염제(엔세이즈)*는 진통·소염·해열 작용이 모두 있어서 일반적으로 소염진통제로 부른다. 이 진통제들의 메커니즘은 완전히 밝혀지지는 않아서 지금도 연구 중에 있다.

해열진통제나 소염진통제로 듣지 않는 통증, 특히 암에 의한 통증엔 마약성 진통제를 사용한다. 마약성 진통제는 중추신경계의 오피오이드 수용체에 작용하여 통증을 줄인다. 그래서 마약성 진통제를 오피오이드계 진통제라고도 한다. 대표적인 약물은 아편이고, 아편 추출물로는 모르핀이 유명하다. 추출물 이외에도 반합성 오피오이드 약물과 합성 오피오이드 약물이

---

* 엔세이즈(NSAIDs; Nonsteroidal anti-inflammatory drugs)는 이부프로펜, 아스피린(아세틸살리실산), 인도메타신, 나프록센, 메페남산 등 종류가 다양하다. 엔세이즈보다 강력한 소염제는 스테로이드 약물이다.

개발되어 있다. 이러한 마약성 진통제는 중추신경계에 직접 작용하기 때문에 비마약성 진통제보다 효과가 크다. 모르핀의 진통 효과가 아스피린의 300배 이상이다. 이외에도 여러 신경전달물질과 관계된 약들이 통증에 다양하게 쓰인다.

늘 작용 중인 부작용

마약성 진통제는 중독, 변비, 호흡곤란, 구토 등의 부작용을 발생시킨다. 하지만 의사 처방 없이 사용할 수 없기도 하고 정부에서도 관리하고 있어서 주의만 기울인다면 큰 걱정은 없다. 문제는 해열진통제와 소염진통제이다. 이 약들은 사람들이 언제든 손쉽게 복용할 수 있고, 의사와 약사가 많이 처방하고 판매하고 있기 때문이다. 그만큼 부작용이 간과되기 쉽고 사람에 따라서는 일반적인 치료 용량에서도 몸에 주는 악영향이 클 수 있다.

대표적인 해열진통제인 타이레놀의 가장 큰 부작용은 간독성이다. 타이레놀은 두 번에 걸쳐 간에서 대사가 되어야 몸 밖으로 빠져나갈 수 있다. 과량 복용 시 1차 대사산물[**]을 처리할

[**] N-아세틸-P-벤조퀴논이민(NAPQI; N-acetyl P-benzoquinonei mine)으로 독성이 매우 강하다.

항산화물질(글루타치온)이 부족하게 되어 간세포를 파괴한다. 타이레놀8시간이알(ER)서방정은 8시간 동안 일정한 양의 약물이 방출되어 몸에 흡수되도록 설계되어 있다. 따라서 8시간이 지나기 전에 복용하면 약 용량이 중복되어서, 또 서방형 제제의 특성상 약을 쪼개서 복용하면 일시에 고용량이 흡수되어서 간 독성이 나타날 수 있다. 이런 이유로 얼마 전(2018) 유럽에서는 이 제제를 판매 중지했다.

한번은 근처 이비인후과 의사가 이 약을 2알씩 하루 3번으로 처방을 했고 나는 꼭 8시간마다 먹어야 한다고 복약 지도를 했다. 그런데 그 의사가 전화를 해 한다는 말이, 환자 편의를 위해 복용법을 매 식후 30분으로 지도해 달라는 것이었다. 어이상실의 상황. 편의를 봐줄 게 따로 있지. 내가 그 전화를 받았다면 아마도 큰소리로 싸웠을지도 모른다. 일정한 효능을 위한 제형의 개선이지만 전체 판매량을 늘리려는 제약회사의 의도도 문제고,* 약의 메커니즘이나 체내 동태에 대해 이해가 부족한 의사

---

* 기존 타이레놀정은 한 알이 500mg으로 증상에 따라 한 번에 1~2알씩 복용하는 데 반해, 타이레놀8시간이알서방정의 경우는 한 알이 650mg으로 한 번에 2알씩 8시간마다 복용하도록 설계되어 있다. 따라서 타이레놀8시간이알서방정은 하루 용량이 3900mg으로 정해져 있어서 기존 타이레놀정에 비해 판매할 수 있는 용량이 늘어났다. 게다가 이 제제들의 성분인 아세트아미노펜은 1일 최대 용량 4000mg을 넘어서는 안 되는데 타이레놀8시간이알서방정은 자칫하면 최대 복용량을 넘길 위험성을 안고 있다.

도 문제다. 과량 복용의 위험과 함께 부작용 위험도 크지만 타이레놀8시간이알서방정은 우리나라에서 여전히 판매 중이다.

한편 소염진통제는 내장 점막을 형성하는 프로스타글란딘의 합성까지 억제하기 때문에 위장 장애나 장누수 증후군의 부작용을 일으킬 수 있다. 이 부작용을 막을 수 없어서 특히 이 약들을 장기적으로 먹어야 하는 만성통증 환자나 관절염 환자에게는 장점막을 재생하는 위장약이 함께 처방되는 경우가 많다. 이 부작용이 없는 소염진통제가 개발되었지만 심혈관계 부작용으로 처음 개발되었던 약을 비롯해 이 계열의 약은 줄줄이 판매가 중지되었다. 세 종류 정도의 약이 살아남아서 판매 중이지만, 아이러니하게도 심혈관계 부작용을 줄이려다 보니 위장 장애 부작용을 없애진 못했다. 그럼에도 여전히 위장 장애가 적다는 장점으로 처방되고 있다. 물론 이 약들의 설명서에는 심혈관계 부작용 경고와 함께 위장 장애 부작용도 적혀 있다.

해열진통제 및 소염진통제의 공통적인 부작용이 있는데 바로 혈소판 감소, 용혈성 빈혈 등 혈액에 대한 것이다. 적혈구가 파괴되면 세포에 산소를 공급하지 못하고 세포의 생성이나 세포의 대사에 악영향을 미친다. 특히 아스피린을 복용하는 경우는 지혈이 안 될 수 있어서 수술 전에는 약을 일정 기간 끊어야 한다. 한방의 원리로 보면, 이러한 부작용은 혈을 묽게 만들어

열을 만들고 혈을 저장하는 간의 열을 올린다. 게다가 이 약들을 대사하느라 간에 안 좋은 영향이 추가된다. 서두에 말한 내 몸에 나타난 부작용이 바로 간열로 인한 두드러기였다. 이러한 혈에 대한 부작용이 가장 나쁘게 나타나는 경우가 혈구에 문제가 생기는 백혈병이다.

만병통치약이 되어 가는 진통제

이런 부작용들에도 불구하고 진통제의 개발과 사용은 지속적으로 증가하고 있다. 새로운 성분의 신약 개발이 어렵기 때문에 제약회사들의 자구책은 기존 약들을 이용하는 것이다. 흡수율이 개선된 제품에서부터 다른 약물과 혼합한 제품에 이르기까지 신제품 출시에 열을 올린다.

특히 '트라마돌'이라는 성분의 진통제는 마치 오래된 노래의 차트 역주행처럼 최근 사용량이 급격히 늘었다. 트라마돌은 합성 오피오이드 약물로 마약성 진통제이다. 그런데 무슨 이유에서인지 외국과는 달리 우리나라에서는 비마약성 진통제로 분류되고 있다. 아주 심한 통증에 사용하게 되어 있지만 실상은 그렇지가 않다. 손목이 아프다며 병원에 간 친구가 받아 온 처방전에는 트라마돌 제제와 소염진통제가 버젓이 함께 적혀 있었다. 친구의 증상은 심하지 않았고 그래서 처방 일수는 길지 않았음에도 불구하고 마약성 진통제가 처방된 것이다. 내가 약사 면허를 받은 1995년만 해도 이 성분의 제품은 내 기억으로 한 개였다. 2020년 현재, 허가된 제품의 수는 단일 성분으로 62개, 복합 제제로는 297개에 달한다.

트라마돌과 다른 진통제를 병용하면 그 효과는 그야말로 신통방통한 수준일 것이다. 게다가 트라마돌은 항우울 효과까지 있어서 환자의 기분에까지 관여한다. 그럼 좋은 거 아니냐고 말하는 사람도 있을 수 있지만 이 약이 가져올 중독은 어쩔 것인가? 이 약을 끊게 되었을 때 나타날 금단 증상은? 오히려 기분이 전보다 훨씬 다운되고 통증은 더해질 것이다. 트라마돌 성분의 특정 상품의 약만 듣는다는 환자가 그 약 이름을 의사에게 대고 약통째로 처방받는 경우를 봤다. 이 환자는 이미 이 약에 중독되었다. 이 약 없이 살기 힘들 것이다.

진통제는 의사나 약사를 만능으로 만들어 주는 약일지도 모르겠다. 이 약들의 효과에서 그들의 권위가 나온다고 해도 좋을 정도다. 어딘가에 통증이 있으면 우리는 병원이나 약국에 간다. 하지만 통증은 우리 몸이 항상성을 유지하기 위해 수행한 여러 작용의 결과인 경우가 많다. 예컨대 추운 곳에 있을 땐 체온

유지를 위해 교감신경이 흥분되어 혈관이 수축하고 땀구멍이 조여진다. 다시 따뜻한 곳으로 오면 부교감신경이 흥분하여 혈관이 느슨해지고 땀구멍도 열린다. 이때 세포막에서 프로스타글란딘이 만들어져 열이 오르거나 통증이 유발될 수 있다. 대신 넓어진 혈관을 통해 혈류량이 증가하면서 몸 구석구석에 있는 세포들에게 다시 산소와 영양이 공급되고 피부를 통한 열 배출도 원활해진다. 이때 해열진통제나 소염진통제를 복용하면 다시 혈관이 수축되고 자연스러운 열 배출이 안 되면서 세포들이 손상될 수 있다.

어느 사이 우리는 열이 조금만 나도, 통증이 조금만 있어도 참을 수 없게 되었다. 몸이 항상성을 찾아 갈 때 나타나는 반응일 때도 이를 몸의 이상으로 여기게 된 것은 현대 의학이 만들어 낸 표상이기도 하다. 감기나 이비인후과 질환, 정형외과나 치과 질환 등의 처방에는 약방의 감초처럼 소염진통제나 해열진통제가 빠지지 않는다. 약사들도 통증이나 초기 감기에 소염진통제를 많이 사용한다.

'통증' 또는 '아픔'을 대하는 우리의 태도는 기본적으로 참지 않는 것이다. 몸은 이 '통증'을 자연스러운 현상 가운데 하나로 포함하고 있지만 말이다. 이런 태도가 진통제를 만병통치약으로 만들었고, 처방권과 판매권을 가지고 있는 의사와 약사들을 능력자로 만들고 있다. 그만큼 사람들 스스로는 무능력자가 되어 간다.

느리지만 덜어 내는 치료

최근 코로나 사태하에서 생활 방역의 첫번째 지침이 '아프면 3~4일 집에서 쉰다'이다. 난 무엇보다 이 문구가 마음에 들었다. 이 말은 우리가 아파도 출근하고 학교 가는 걸 당연시하고 있음을 역으로 알려 준다. 인원 여유 없이 빡빡하게 돌아가는데 회사에 휴가를 내는 건 눈치 보인다. 치열한 입시 경쟁 아래에서 아프다고 공부를 쉬면 뒤처질 것 같아 불안하다. 아플 틈이 없다. 틈 없는 삶에 통증은 생각할 여지 없이 방해꾼이다. 사람들은 병원에서도 약국에서도 독한 약을 지어 달라고 요청한다. 빨리 안 나으면 실력 없는 의사, 약사가 되어 버린다. 이런 상황에서 의사나 약사는 부작용에 대해 고려하기보다는 효과가 빨리 날 수 있는 약을 주려고 한다. 세상과 삶과 의료의 속도는 함께 간다. 과속에는 사고의 위험도 커지기 마련이다.

내가 지난 2년간 진통제 한 알 먹지 않으면서 몸을 관찰한 결과, 느리지만 좀 쉬고 과식하지 않으면서 에너지를 보존해 주면 감기나 두통 등은 곧잘 나았다. 증상이 지속될 땐 한방 제제를 주로 복용했고, 꼭 필요할 경우에만 약을 한 가지 정도 복용했다. 하지만 시간은 꼭 필요했다. 짧게는 일주일에서 길게는 한 달에 걸쳐 증상이 지속되었다. 증상이 지속될 때는 생활 속에서 조절할 건 조절했고 포기할 건 깨끗이 포기했다. 글 첫머리에서 언급한 동료처럼 무조건 참는 게 능사는 아니다. 필요하다면 약은 먹어야겠지만, 무엇보다 생활과 몸을 두루 살피며 조절하는 게 중요하다. 통증은 삶 안에서 해석되어야 하니까.

물론 이런 말을 모두에게 똑같이 할 수 없을 때도 있다. 한 택배기사가 등 쪽 근육이 아프다고 약국에 왔다. 그는 진통제를 먹을 때만 괜찮고 약을 끊으면 통증이 또 생긴다고 했다. 계속 무리하게 근육을 쓰고 있는 상황의 개선 없이는 통증은 사라지지 않을 것이다. 그렇다고 생업을 포기하라고 어찌 말할 수 있겠는가? 난 진통제 복용보다는 진통제가 함유된 파스 위주로 사용하라고 할 수밖엔 없었다.

약국에서는 늘 이런 딜레마가 따라다닌다. 내 몸에 대한 접근과 환자들의 몸에 대한 접근이 늘 똑같을 수만은 없는 이 이중생활에 괴로울 때가 많다. 이 약만 주면 기다리지 못하고 효과 없다는 볼멘소리가 날 것 같은데 어쩌지? 소염진통제를 같이 주면 드라마틱하게 효과가 날 텐데 같이 줄까? 몇 초 안 되는 순간에 내 손이 약 진열대 사이를 방황한다. 그렇다고 한쪽 눈을 마냥 감고 있을 수만도 없다. 최근에 난 작은 결심을 했다. "효과는 좀 더디더라도 이 약만 드셔 보실래요?" "너무 많이 아파하시니까 진통제를 같이 드리는데, 좀 나아지면 진통제는 끊으세요"라고 말해 보고 있다.

또 환자들과 몇 마디의 말이라도 더 나눈 다음에 어떤 약을 줄지, 약을 주지 말지 등을 결정해 보려고 하는데 좀 어렵긴 하다. 사람들은 약국에서도 '빨리'를 외치기 때문이다. 하지만 무엇보다 능력 있는 약사가 되고픈 마음에 환자의 말이 끝남과 동시에 치료약을 척척 내놔야 한다는 강박이 나에게 있다. 느리지만 덜어 내는 치료를 위해서 나 스스로에게도 천천히 생각할 시간을 주고 싶다. 속도가 느린 약국이었으면 좋겠다.

6장

수면제와 네모창

강박과 수면제

새로운 약국에서 근무하기 시작하면서 나에게 근심이 하나 생겼다. 이 약국은 오래된 의원 옆에 있어서 노인 환자들이 많은 편이다. 그런데 방문하는 노인들 중 반 이상이 수면제 처방을 받아 온다. 요즘이 약사 인생에서 수면제를 가장 많이 조제하는 때인 것 같다.

수면제는 '향정신성의약품'(이하 향정)*으로 분류되고 마약과 같은 법률로 관리된다. 향정을 오남용하면 정신적·신체적으로 의존성이 생기는 등 심각한 부작용이 따른다. 따라서 의료기관에서는 향정 관리를 철저히 해야 하고 국가기관에서는 의료

---

* 향정은 사람의 중추신경계에 작용하여 환각, 각성, 수면 또는 진정 작용을 한다.

기관을 불시에 감사한다. 감사가 오든 안 오든 약국에서는 향정 개수를 세서 관리하고 그 조제 내역을 건강보험심사평가원에 보고한다. 한마디로 말해서 향정을 취급하는 것은 까다로운 일이다.

그런데 이렇게 손쉽게 수면제를 처방받고 있다니! 물론 수면제는 작용 시간이 짧고 부작용을 줄였기 때문에 다른 향정에 비해 안전하다. 그래도 장기간 복용했을 때의 부작용*을 무시할 수 없다. 이 정도면 수면제 처방을 남발하고 있다고 해야 하지 않나? 특히 약물대사 능력이 떨어지는 노인들이 이렇게 일상적으로 수면제를 먹어도 괜찮을까? 최근 살인 사건이나 성폭행 사건에 수면제가 자주 등장하는 것도 그만큼 수면제를 구하기 쉬워진 것 때문일까? 걱정스러웠다.

수면제를 받아 가는 노인들과 이야기를 해보며 알게 되었는데, 대부분의 노인들이 수면 장애에 대해 강박을 느끼고 있었다. 흔히 말하길, 나이가 들면 잠이 준다고 한다. 동양 의학에서 볼 때, 노쇠로 인해 정기(精氣)가 줄면 혈(血)도 준다. 거기에 따

---

* 수면제 장기 복용 시 가장 큰 부작용은 의존성이다. 의존성이 생겼을 때 복용을 중단하면 반동성 불면증, 비현실감, 사지의 저림 및 무감각, 환각, 간질성 발작, 신체적 접촉에 대한 과민, 두통, 근육통, 극도의 불안, 긴장, 초조, 혼동, 흥분 등의 금단 증상을 일으킬 수 있다.

라 잠도 자연스럽게 준다. 노인이 되면 활동량이 줄기 때문에 에너지가 덜 필요하니 기나 혈이 줄어드는 것은 큰 문제가 되지 않는다. 노인이 하루 5~6시간 정도 수면을 하고 있다면 큰 문제는 아니다.

그런데 할머니, 할아버지들은 잠이 준 것을 큰 병으로 여기고 굉장히 괴로워한다. 통 못 자니 낮에도 힘들고 피곤하다고 호소한다. 한 시간밖에 못 잔다고 얘기하는 분이 있어 더 얘기해 보니 좀 과장이었다. 최대한 자정 정도까지 잠을 참았다가 수면제를 먹고 잠자리에 든다고 말하는 분도 있다. 일찍 자게 되면 중간에 깨고, 깨고 나면 잠들기 어렵다고 말이다. 또 어떤 분은 수면제에 술까지 마신다고 하였다. 술도 수면제처럼 중추신경을 억제하는 작용을 하기 때문에 수면제 부작용을 키워 위험할 수 있다. 절대로 그렇게 하면 안 된다고 주의를 줬지만 어쩔지 걱정이다.

특별한 일거리도 없고 질병이나 노화로 인해 노인들은 낮 동안 움직일 일이 많지 않다. 그러다 보면 낮잠을 자기 쉽다. 그러면 밤에 잠이 더 안 온다. 밤에 잠을 못 자니 낮에 더욱 졸리다. 악순환이다. 또 텔레비전 프로그램이나 뉴스를 통해서 노인들도 건강 정보를 넘치게 접하고 있다. '보통 성인이라면 하루 7~8시간이 적정한 수면 시간이다'라고 다들 상식으로 알고 있다. 그래서인지 이 이하로 잠을 자게 되면 무슨 큰일이라도 날 것처럼 걱정이 많다.

수면 장애 = 불면증?

수면 장애를 겪고 있다면 모두 불면증이라고 해야 할까? 그렇지 않다. 의학적으로 볼 때 수면 장애와 불면증은 같은 것이 아니다. 잠들기 힘든 경우(입면 장애), 잠을 자다 중간에 자주 깨는 경우(수면유지 장애), 한 번 잠에서 깨면 다시 잠들기 어려운 경우(재입면 장애), 너무 일찍 기상하는 경우(조기 각성), 숙면을 취했다는 느낌이 없는 경우(숙면 장애)를 통틀어서 수면 장애라고 부른다.

『수면 장애와 우울증』(시미즈 데쓰오, 김수희 옮김, AK커뮤니케이션즈, 2018)에 따르면, 불면증은 잠잘 때에 어려움을 느끼는 수면 장애와 달리 낮에도 수면에 대한 불안감이나 괴로움이 계속되는 경우를 말한다. 또 작업 능률이 떨어진다고 자각하고 있으나, 실제로는 실수도 적고 작업 능률도 그다지 저하되지 않는 것이 특징이다. 그래서 불면증은 밤의 병일 뿐만 아니라 '낮 시간 동안의 병'이라고 할 수 있다. 따라서 수면 장애와 불면증은 별개이다.

　노인들뿐만 아니라 많은 사람들이 불면증에 대해, 결국 잠에 대해 오해를 하고 있다. 이런저런 이유로 수면 장애는 일시적으로 있을 수 있다. 앞에서 언급한 수면 장애 중 한 가지라도 경험해 보지 않은 사람은 아마도 없을 것이다. 그런데 잘못된 건강 상식이나 건강에 대한 지나친 욕망이 강박을 만들고, 단순한 수면 장애가 불면증이 되어 버릴 수도 있다. 사실 사람에 따라, 나이에 따라, 계절에 따라 적정 수면 시간은 다르다. 수면 부족이 심하지 않다면 수면 장애는 큰 문제가 되지 않는다. 일시적 수면 부족으로 인한 수면 부채는 다음 날 잠을 더 자면 해결된다.

　로저 에커치는『잃어버린 밤에 대하여』(조한욱 옮김, 교유서가, 2016)에서 근대 이전의 유럽 사람들은 잠을 두 번에 걸쳐서 잤다고 한다. 연속적으로 자는 잠이 질이 높다는데 어찌 된 일일까? 그 시절 사람들이 첫번째 잠에서 깨면 한밤중이었다. 그들은 일어나서 소변을 보거나 사랑을 나누고 기도를 하는 등 여러 일을 했다. 그러나 두 잠 사이의 고독한 시간에 더 많이 한 일은 명상이었다. 지나간 하루를 돌아보거나 자신이 꾼 꿈을 골똘히 생각하면서 내적 자아를 만났다.

　이 책 속에는 선사시대의 잠의 조건을 재현해 본 실험이 나와 있다. 매일 밤 14시간 정도 인공조명 없이 몇 주에 걸쳐 살게 하자, 실험 참가자들은 산업화 이전 시대 사람들처럼 자주 끊기는 잠의 유형을 보였다고 한다. 지금은 수면 장애로 불리는 단속적인 잠은 사실 태곳적부터 동물과 인류에게는 보편적이었다.

그렇다면 언제부터 우리는 연속적으로 잠을 자게 되었을까? 로저 에커치는 근대 산업화 이후라고 그 시점을 꼭 집어서 말하고 있다. 18세기 상업주의와 초기 산업화에 의해 밤에도 상점과 시장은 문을 열었고, 공장에서는 종일 작업으로 생산성을 향상시켰다. 거기에 인공조명이 널리 보급되면서 밤은 점점 더 밝아지게 되었다. 이런 연유로 늦게 잠자리에 들게 된 인류는 그럴수록 중단 없는 잠을 자게 되었다고 한다. 연속적인 잠의 역사는 실은 그렇게 길지 않았지만 어느덧 '정상'이라는 범주를 꿰차게 되었다.

네모창이 밝히는 밤

근대화 이후, 24시간 중단 없는 문화가 연속적으로 자는 잠이 정상이라는 믿음을 만들었고, 수면 장애에 대한 강박을 만들었다고 볼 수 있다. 밤 문화와 야간근무는 이제 또 다른 라이프 스타일이 되어 버린 지 오래다. 디지털 문화는 전 지구촌적인 연결과 끊기지 않는 온라인 상태를 유지하고 언제든지 접속하라고 한다. 그래서 잠을 못 이뤄서 괴로워하고 있는 사람들과 밥먹듯이 밤을 새우는 사람들이 공존하는 기묘한 장면이 펼쳐지고 있는 게 현실이다.

동영상, 게임, SNS 등으로 휴대폰, 컴퓨터 등 네모창의 빛은 쉽사리 꺼지지 않는다. 신체 활동이나 외부 활동보다는 습관적으로 손바닥 가까이 있는 네모창을 켜는 것이 편하다. 밤에 잠을 안 자니 낮 동안에는 정신이 흐리멍덩하다. 네모창 문화는 젊은 사람들의 전유물이라고 생각하겠지만 어린아이들도 노인들도 네모창에 열중이다. 나도 내 가족도 모두 네모창에 빠져 산다. 유치원에 다니는 조카는 유튜브키즈에서 눈을 뗄 줄 모르고, 70대 노인인 엄마도 친구들이 보내온 톡을 보느라 밤 깊은 줄 모른다.

하지만 아시는가? 네모창들에서 나오는 빛들이 몸속에 열을 만들고 그 열이 진액을 말린다는 것을. 또 몸의 진액을 만드는 물은 물에 해당하는 시간인 해시(亥時: 서울 기준으로 밤 9시 반~11시 반)와 자시(子時: 밤 11시 반~새벽 1시 반)에 자야 채워진다. 요즘 이 시간에 자는 사람들은 그리 많지 않다. 그러니 진액은 더욱 고갈된다. 이렇게 되어 동양 의학에서 만병의 근원으로 불리는 '음허화동'(陰虛火動) 상태가 된다.

음(물)이 부족하면 몸속의 화(불 또는 열)를 끄지 못해서 내부 장기가 뜨거워지고 각종 증상이 생긴다. 특히 물 부족은 몸속의 불을 주관하는 심장의 기능을 조절하지 못해서 두통, 불안, 수면 장애를 일으킨다. 더 심해지면 우울증 등 정신질환으로 번질 수 있다. 또 음허는 혈허로 이어지는데, 혈허 증상 중 빈혈은 주간에 각성이 잘 되지 않아 쉽게 카페인에 의존하게 한다. 카페인은 이뇨 작용으로 몸에서 물을 빼면서 몸속의 열을 더욱 조장한다. 게다가 카페인은 철분 흡수를 저해하기 때문에 빈혈을 악화시킨다.

『수면 장애와 우울증』에서 시미즈 데쓰오는 수면 부족이 심해지면 우울증으로 발전할 수도 있다고 말한다. 수면 부족이 감정에 끼치는 영향을 알아보는 실험 결과가 이를 뒷받침하고 있다. 수면 부족에 처한 사람은 좋은 것(긍정적인 것)이거나 중립적인 것은 잊어버리는 데 반해 나쁜 것(부정적인 것)은 잊어버리지 않는다는 것이다. 수면 부족이 뇌의 전두전야(前頭前野)의 활동을 떨어뜨리고, 전두전야가 평소 억제하고 있는 편도체의 활동을 억제할 수 없게 된 이유다. 편도체는 불쾌한 정동의 중추이다. 결국 수면이 부족하게 되면 불쾌한 정동을 억누르기 어렵게 된다. 설명하는 메커니즘은 다르지만 동양 의학이나 서양 의학이 비슷한 결론을 내고 있다.

수면제와 네모창을 대신할 일상

한 할머니가 수면제를 받아 가면서 한 말이 생각난다. 그녀는 매일 수면제를 먹지는 않지만 수면제가 집에 없으면 불안하다고 했다. 대부분의 스마트폰 사용자들도 이 네모창이 없으면 불안하다. 더욱 밝아진 인공조명과 총천연색의 빛을 내뿜는 온갖 전자기기들에 둘러싸여 사는 삶. 우리는 밤을 더 잘 활용하고 있다고 생각하지만 실은 밤을 잃었고 그 대신 강박과 중독을 얻은 것 같다.

『동의보감』에는 이도요병(以道療病)이라는 말이 있다. 도로써 병을 치료하라. 질병을 고치는 데는 일상의 습관을 고치는 것이 침이나 약보다 더 중요하다. 그런데 습관을 고치는 것은 도를 닦을 정도로 어렵다는 뜻이다. 솔직히 일상을 바꾸는 것보다는 수면제 등 약을 먹는 게 훨씬 편하다. 당뇨, 혈압 등 만성질환 환자들은 약을 복용하기 시작하면 질병 관리에 느슨해지는 경향이 있다. 약이 있으니까, 에잇! 하면서 식이 조절을 못하고 달고 짠 음식을 먹어 버린다. 약에 의존하면서 질병에 점점 수동적이 되어 간다.

하지만 최근 수면 의학도 수면제보다는 일상의 루틴을 바꿀 것을 권하고 있다.* 수면제가 수면 장애를 근본적으로 치료하지 못하기 때문이다. 자율적이고 능동적인 삶만이 근본적 치료이다.

나는 우리가 밤을 잃으면서 함께 잃어버린 것이 '낮'과 '밖'이라고 생각한다. 밤에도 낮에도 몸은 실내에 갇히고 장시간 네모창과 대면한다(이런 세태를 반영하듯 약국에는 비타민D 제제** 판매가 급격하게 늘었다). 수면 장애 치료법 중 하나는 낮에 충분히 햇빛을 쬐어 생체 리듬을 살리는 것이다. 낮의 빛과 활동성이 줄어든 만큼 우린 그 활동성을 구성하는 여러 관계와 즐거움을 잃어버린 것은 아닐까? 취미, 이벤트같이 거창한 것 말고라도 네모창 밖에서 능동적 즐거움을 만들 수 있는 루틴은 무엇일까?

최근 나는 몸을 움직이기 위해 요가를 시작했는데 아직 습관이 되지 않았다. 요가를 하고 나면 몸도 기분도 좋아진다. 하

---

* 『수면 장애와 우울증』에서 발췌한 수면 장애를 극복하기 위한 일상 팁이다. 1) 수면 시간은 사람에 따라 제각각, 낮에 졸려서 힘들 정도만 아니면 충분하다. 2) 자극적인 것을 피하고(e.g. 오후 3시 이후 커피 마시지 않기) 자기 전에는 자기 나름대로 긴장 완화 방법을 쓴다(가벼운 독서, 음악, 미지근한 물로 목욕, 근육 이완 스트레칭 등). 3) 졸음을 느낀 후 잠자리에 든다. 취침 시간에 너무 연연하지 않는다. 4) 매일 같은 시각에 일어난다. 5) 빛을 이용하여 양질의 수면을 취한다(낮에는 햇볕을 쬐고 밤에는 조명이 너무 밝지 않도록 한다). 6) 규칙적인 식사와 규칙적인 운동 습관을 갖도록 한다. 7) 낮잠을 잔다면 오후 3시 이전, 20~30분으로 한다. 8) 수면이 깊지 않을 때는 오히려 적극적으로 늦게 자고 일찍 일어난다. 9) 취침 전 음주는 깊은 수면을 방해하고 도중각성의 원인이 되니 삼간다.
** 비타민 D는 햇빛을 받으면 피부에서 자연적으로 생긴다. 최근 전 세계적으로 비타민 D 부족이 증가하고 있다는 조사 결과도 있다.

지만 야행성인 내게 아침 요가는 스킵되기 일쑤다. 일단 이 요가가 습관이 될 때까지 노력해 보려고 한다. 아침 요가가 루틴으로 즐거움이 되면 야행성인 내 일상에 인공의 빛 대신 햇빛이 더 들어올 것이다. 이 햇빛과 함께 어두운 밤도 좀 더 찾아들 것을 기대해 본다.

7장

달콤살벌한 다이어트

일반적으로 여름에는 약국이 한가하다. 감기나 알레르기 질환들이 뜸한 계절이기 때문이다. 하지만 내가 일하는 약국은 사정이 좀 다르다. 노인 환자들이 많아서 늘 복용해야 하는 만성질환에 대한 처방이 들어오기 때문이다. 여기에 더해 여름이 되자 약국으로 일명 '다이어트 처방'이 몰려들었다. 다이어트 처방은 계절에 상관없이 늘 있지만 노출이 많은 여름이 되면 당연히 더 늘어난다. 근무약사 입장에서는 이 처방을 가져오는 손님들이 달갑지는 않다. 처방 일수가 길고 약 가짓수가 많아서 조제하는 데 시간이 많이 소요되기 때문이다. 또 약을 먹으면서까지 살을 빼려는 그들이 곱게 보이지 않는다. 다이어트 처방은 보험이 적용되지 않고 원칙적으로는 진료과에 상관없이 처방전 발행이 가능하다. 여러 약국에서 근무하는 동안 나는 거의 모든 약국에서 다이어트 처방을 조제했다.

소름 끼치는 다이어트 처방

다이어트용으로 허가를 받은 약은 크게 식욕 억제제와 지방흡수(소화) 억제제 두 가지다. 하지만 처방을 보면 약 종류가 5가지가 넘어가는 경우가 부지기수다. 어떤 병원에서 처방했건 이 처방들은 마치 복사라도 한 듯이 비슷하다. 위 두 가지 약 이외에 간질 치료제, 우울증 치료제, 각성제, 당뇨약, 비충혈 제거제(감기 등으로 인한 코 막힘 치료), 변비약, 이뇨제, 유산균 제제, 녹차추출물 등이 추가된다. 여기에 알약으로 나오는 한방 제제(방풍통성산이라는 처방)까지 쓰인다. 약사로서 처방 내용을 보면 소름이 절로 끼친다. 이 약들의 작용과 부작용을 알게 되면 과연 복용할 수 있을까? 싶을 정도다.

지방 섭취가 많지 않은 우리나라 사람들에게는 주로 식욕 억제제인 암페타민류(펜터민, 펜디메트라진, 디에틸프로피온, 마진돌)가 처방된다. 이 약들은 일명 히로뽕(필로폰)으로 알려진 마약, 메스암페타민과 비슷한 구조를 지니고 있다. 히로뽕처럼 작용과 부작용이 중추신경계에 전방위적이지는 않지만, 뇌에서 신경전달물질인 에피네프린이나 도파민의 분비를 증가시켜 교감신경을 흥분시킨다. 교감신경이 흥분된 상태는 싸울 때의 상태와 비슷해서 정신이 흥분되고 식욕이 떨어지며 에너지를 바로 사용하기 위해 신진대사도 빨라진다. 비교적 최근 허가를 받은 벨빅(로카세린)은 암페타민류와 비슷한 작용과 부작용을 가지고 있다. 그 이후에 나온 콘트라브(날트렉손과 부프로피온)와 삭센다(리라글루티드)도 포만중추에 작용하지만 상대적으로 부작용이 적은 편이다.

토피라메이트 성분의 간질약은 식욕 억제 효과 기전이 밝혀지지 않았지만, 펜터민이라는 식욕 억제제와 복합제(큐시미아)로 미국에서 승인되었다. 단독으로는 다이어트에 사용되지 않는다. 우울증 치료제인 플루옥세틴(대표 브랜드는 푸로작)은 뇌에서 세로토닌이 재흡수되는 것을 막아 기분을 좋게 하고 식욕도 억제한다. 우울증 치료제는 식욕 억제제와 함께 복용했을 때 교감신경을 너무 과도하게 흥분시키기 때문에 병용이 권장되지 않는다. 그런데 실상은 거의 같이 처방되고 있어서 심히 걱정스럽다. 메트포르민이라는 당뇨약 또한 식욕 억제에 대한 기전이 밝혀지지 않았다. 슈도에페드린은 교감신경을 자극해 코 혈관을 수축시켜 코 막힘의 증상을 없앤다. 입이 마르고 밥맛이 없어진다고 하는 부작용을 일으키는 감기약이다. 변비약은 설사를 시켜서, 이뇨제는 몸 안의 수분을 더 빼내서 체중을 줄이는 효과를 가진다.

처방된 약들 중 쓴웃음을 나게 하는 약이 있는데 바로 방풍통성산이라는 한방 제제이다. 의사들은 한방 치료를 대부분 믿지 않는데 왜 이 한방 제제를 처방하는 것일까? 제약회사에서 제공한 다이어트 효과에 대한 약 정보를 일방적으로 받아들여서 사용하는 것일 테지만 사실 방풍통성산은 다이어트에만 쓰이는 약이 아니다. 체내에 울체된 열을 제거하여 여러 관련 증상(두드러기, 여드름, 고혈압 등)을 치료하는 약이다. 게다가 한방에서 보는 비만은 이 제제를 이용해야 하는 것처럼 열이 잘 배출이 안 되는 게 원인일 수도 있지만 다른 원인일 수도 있다. 따라서 비만이라고 일괄 이 한방 제제를 쓴다는 건 애당초 한방 원리에 맞지 않다.

문제는 부작용이다. 대부분의 식욕 억제제들은 중추신경계에 작용하는 향정신성의약품으로 의존성과 중독성뿐만 아니라 정신적 부작용을 일으킨다. 기분의 변화가 크고 예민해지는데 심하면 망상이나 환각 그리고 드물지만 조현병이 발생할 수도 있다. 또 약물을 복용하다 끊으면 상대적으로 졸리고, 집중력이 저하되고, 우울감이나 짜증, 피로나 불쾌감이 생기고 식욕이 증가하여 체중이 늘 수 있다. 매스컴에 식욕 억제제를 먹고 정신 이상을 보이거나 중독된 경우가 가끔 나오기도 했다. 이런 부작용 때문에 펜터민은 영국을 비롯한 7개국에서 판매가 중지되었고, 로카세린은 발암성 논란까지 더해져 2020년 초 미국에서 판매가 중지되면서 우리나라 시장에서도 퇴출되었다. 여기에 병용 투약에 대한 검토가 이뤄지지 않은 약물들도 같이 처방되고 있어서 어떤 부작용이 발현될지 짐작하기 힘들다.

'정상 체중'이라는 신화

다이어트 처방 내용을 보며 놀라고 한숨을 쉬지만 더 놀라운 것은 이 처방을 가져오는 사람들이 전혀 뚱뚱하지 않다는 사실이다. 내가 보기엔 그냥 보통이다. 한 손님에게는 살도 안 쪘는데 왜 다이어트 처방을 받아 가느냐고 물었다. 그랬더니 중요한 모임에 가기 전에 부기를 쫙 빼고 가려고 한다는 것이다. 또 어떤 분은 추석 때 일가친척을 만나는데 예쁘게 보이고 싶다고 했다. 나로서는 이해할 수 없는 대답들이다.

　이렇게까지 살을 빼야 할까? 혀를 차며 그들을 한심하게 생각했다. 하지만 날씬해지고 싶은 욕망에서는 나도 그들과 다르지 않았다. 약의 부작용을 알기 때문에 약으로 살을 뺄 생각을 안 할 뿐이다. 이 날씬해지고 싶은 욕망은 뷰티 담론과 연결되어 있지만 무엇보다 강력하게 이 욕망을 지지하는 것은 건강 담론이다. '왜 살을 빼야 하는가?'라는 질문에 우리는 예뻐 보이고 싶다는 말에 앞서 '비만은 질병이다!'라는 답을 준비하고 있다. 의학이, 과학이 그렇게 말하고 있기 때문이다.

고혈압, 당뇨병, 기타 심혈관계 질환 등 많은 질병들이 비만에서 기원한다는 '비만 만병설'이 현재 주류 의학계를 지배하고 있다. 이제 일반인들도 체지방률을 따지는 시대가 되었다. 비만을 판정하기 위한 기준은 체질량지수(BMI, Body Mass Index)이다. BMI는 체중(kg)을 신장(m)의 제곱으로 나눈 값으로, 세계보건기구는 BMI 10~24는 정상, 25~29는 과체중, 30 이상은 비만으로 분류한다. 대한비만학회 기준은 이보다 엄격해서 23 이상은 과체중, 25 이상은 비만이다. BMI의 가장 큰 약점은 상대적으로 근육이 많아도 과체중이나 비만으로 나올 수 있다는 것이다. 그래서 최근에는 체지방률이나 허리둘레에 대한 정상/비만 수치가 추가적으로 제시되어 있다.[*]

현재 내 상태를 위에서 제시한 수치로 평가해 보자. 아침을 먹고 난 후 쟀더니 체지방률이 30%, BMI는 23이다. 어디에 사느냐에 따라, 또 어떤 수치로 평가하느냐에 따라, 나는 정상, 과체중 또는 비만이 될 수 있다. 그러나 나를 보는 누구도 나를 뚱

---

[*] 대한비만학회에서 제시한 기준이다. 허리둘레가 성인 남자는 90cm 이상, 여자는 85cm 이상일 때 복부비만으로, 체지방률은 남성은 25% 이상, 여성은 30% 이상인 경우 비만으로 진단한다.

뚱하다거나 통통하다고 말하지 않는다. 비만 관련 질환을 앓고 있지도 않다. 하지만 예전의 나 같으면 스스로를 '비만'이라고 엄격하게 판단했을 것이다. 비만 관련 질환에 걸릴지도 모른다고 염려하고, 날씬하지 않아서 예쁘지 않다고 내 몸을 부정했을 것이다.

정말 난 건강하지 않은 것일까? 그런데 '비만 패러독스' (weight paradox)**라는 말도 있다. 쉽게 말해서 심근경색, 신장병, 뇌졸중, 제2형 당뇨병 등을 앓고 있는 비만인 사람이 같은 질환을 앓고 있는 날씬한 사람보다 생존율이 높다는 것이다. 이러한 결과를 발표한 연구는 생각보다 많다. 『왜, 살은 다시 찌는가?』 (이문희 옮김, 와이즈북, 2016)에서 린다 베이컨은 다수의 저명한 논문들을 인용하여, 과체중인 사람들이 정상 체중인 사람들만큼 오래 살거나, 오히려 더 오래 사는 경우도 흔하다고 말한다.

과학은 늘 어떤 수치로써 타당성을 주장한다. 하지만 과학이 제시한 수치는 언제나 어떤 확률이고, 그 확률이 배제한 수치에도 진실은 있기 마련이다. 그런데 과학적 수치라는 것이 조작될 수도 있다면? 확률을 벗어난 곳에 내 진실이 있다면? 과학이

** 미국 뉴올리언스에 있는 옥스너 의료원의 칼 J. 라비 박사가 과도한 지방은 심장질환의 발병 원인이기도 하지만, 동시에 증상 악화를 억제할 가능성이 있다는 연구 결과를 바탕으로 명명한 현상.

신화가 되어 버린 현재의 세상에서 과학이 말하는 '정상'도 신화가 되어 우리를 옴짝달싹 못하게 한다.

앞서 말한 세계보건기구의 체질량지수 기준은 국제비만대책위원회의 주도로 작성된 보고서에 근거하여 만들어졌다. 하지만 그 보고서에 체질량지수 기준에 대한 근거 자료는 없었고, 이 위원회는 상당한 예산을 다이어트 약을 제조·판매하는 제약회사들(로슈와 애보트)로부터 받고 있었다. 사실상 공중보건정책 보고서를 민간 기업들이 작성하고 있었던 것이라고 린다 베이컨은 앞의 책에서 고발한다. 우리가 믿고 있는 정상 체중도 역시 만들어진 신화라는 것이다.

문제는 살이 아니다

'비만 만병설'과 '비만 패러독스'——어느 쪽 과학이 맞는지 팩트체크라도 해야 할까? 요사이 자기 쪽이 팩트라고 온 나라가 갈라져 아우성치고 있어서 솔직히 팩트라는 게 있기나 한지 모르겠다. 팩트라는 것도 입장에 따라 다르게 받아들여지는 것이 아닐까? 어쨌건 그동안 너무 일방적인 정보만을 받아들이고 맹신해 온 것이 사실이다. 맹신은 미신과 같고 그러한 미신은 우리의 공포심을 먹고 큰다. 뚱뚱해지면 큰 병에 걸릴 것이라는 공포심이 날씬하지 않은 자신의 몸에 부정적인 시선을 던지게 한다. 나는 이런 시선에서 벗어나고 싶었다. 그래서 새로운 과학들이 말하는 내용에 더 귀를 기울이고 싶다. 적어도 이 과학들은 자기 부정에서 벗어나 자신의 몸에 집중하자고 말하기 때문이다.

새로운 과학은 '다이어트는 결코 성공할 수 없다'고 말한다. 린다 베이컨은 우리 몸이 스스로 항상성을 유지하려 하기 때문에 장기적으로 봤을 때 성공한 다이어트는 거의 없다고 한다. 또 『다이어트의 배신: 왜 뚱뚱한 사람이 더 오래 사는가』(이덕임 옮김, 에코리브르, 2013)에서 아힘 페터스는 다이어트가 실패할 수밖에 없는 이유는 그것이 인체의 기본적 자연법칙에 어긋나기 때문이라고 말하고 있다. 식량 부족은 지속적인 스트레스가 되어 뇌에 엄청난 부담을 주게 된다. 이때 코르티솔이라는 스트레스 호르몬이 과다하게 분비되어 신체는 심각한 부작용*을 겪게 되므로 살려면 다시 먹을 수밖에 없다는 것이다.

린다 베이컨, 아힘 페터스 등 과체중이나 비만을 질병으로 분류하기를 거부하는 과학자들이 늘고 있다. 그렇다고 이들이

---

* 코르티솔은 스테로이드 구조를 가지고 있어 스테로이드 약과 같은 부작용을 가진다. 뇌 신진대사의 부조화, 우울증, 불면, 뇌 활동 저하, 배고픔 등이 일어나며, 피부가 얇아지고 생식력 저하, 근육감퇴와 골흡수로 인한 골다공증이 발생한다.

살을 일부러 찌워야 한다고 주장하는 것도 아니고, 비만이 원인이 된 질병이 전혀 없다고 말하는 것도 아니다. 내가 보기에 그들은 자신의 몸에서 일어나는 일을 자신이 알아야 한다고 말하고 있다. 그것은 단순히 한 개인의 일탈이나 의지의 문제에 그치는 것이 아니기 때문이다.

그들은 예전에 비해 뚱뚱한 사람이 늘어난 이유를 다음과 같이 설명한다. 당연히 식량이 풍족해졌기 때문이다. 산업사회의 영향도 또한 크다. 가공식품에 들어가는 액상 과당이나 트랜스 지방은 많이 먹어도 포만감을 잘 느끼지 못한다. 다른 식품들에 비해 이것들은 지방세포에서 분비하는 포만 호르몬인 렙틴을 분비시키지 않기 때문이다. 또 먹으면서 TV를 보는 등 다른 일을 동시에 해도 먹는 것에 집중하지 못하기 때문에 포만감을 느끼기 전에 많이 먹게 된다.

무엇보다 감정적으로 먹는 게 가장 큰 이유이다. 장기적으로 아무것도 해결해 줄 수 없지만, 먹는 것은 즉각적인 위로가 된다. 스트레스와 체중을 집중적으로 연구한 아힘 페터스의 의견은 이렇다. 지속적인 스트레스에 의해 우리의 의식은 '깨어 있는 일반적인 상태'가 없어지고 '지나친 각성 상태'와 '수면 상태'로만 존재하게 된다. 중간이 없어지는 것이다. 그러면 일과 음식 섭취 사이의 구분이 없어지고 일상이 수면과 일종의 끊임없는

'작업 중 식사'로만 점철된다. 그렇게 하여 체중은 늘어난다. 실제로 그는 미국 같은 수입격차가 심한 사회에서는 비만율이 높다는 연구 결과를 인용했다.

그의 논리에 따르면, 체중 증가는 장기적인 스트레스에 대응하여 뇌가 에너지를 안정적으로 공급받으려는 생존 전략이다.* 그런데 다이어트로 스트레스를 가중시킨다면 어떻게 될까? 따라서 스트레스로 인한 감정 조절이 관건이다. 스트레스에 시달리지 않는 사람은 없을 것이다. 1:99로 치닫는 부의 불평등과 불확실성이 만연한 사회에서 경제적 하위 계층은 더 큰 스트레스에 시달린다. 게다가 '뚱뚱한 사람'들을 의지박약의 실패한 인간 정도로 여기는 인권 감수성은 그들에게 더 큰 스트레스로 다가간다.

성취 일변도로 살아온 나 또한 늘 스트레스에 시달리며 살아온 것 같다. 돌이켜보면 깨어 있을 때는 항상 '작업 중 식사'인 의식 상태였다. 내가 무엇을 먹는지도 모르는 채 입속으로 구겨 넣었던 음식들, 내 몸에 필수인데도 눈을 흘겼던 체지방, 뚱뚱한

---

* 아힘 페터스는 지속적 스트레스에도 살이 찌지 않는 유형의 사람들이 건강에 이상이 생길 가능성이 높다고 말한다. 이들의 뇌는 몸의 다른 부위의 지방이나 단백질을 깨서 에너지를 공급받기 때문에 살은 찌지 않는다. 하지만 뇌가 스트레스를 습관화하는 것에 실패하여 코르티솔 호르몬이 지속적으로 분비되어 건강을 위협한다.

사람들을 한심한 눈으로 바라본 내 시선, 효율성을 추구했던 멀티태스킹, 전문가들의 의견을 무작정 따랐던 건강 욕망 속에 나의 무지함이 있었다. 무엇보다 감정에 대한 무지함이.

감정이나 욕망이 외부의 영향으로 생기는 것은 어쩔 수 없다. 우리에게는 늘 외부가 있기 때문이다. 그러나 어쨌건 감정은 내 것이다. 감정에 휘둘리며 살지, 아니면 감정을 인식하며 살지는 내가 결정한다. 내 감정을 찬찬히 살펴보는 것부터 시작하면 어떨까? 사회 구조적인 문제도 당장 해결할 수는 없지만 일단 무엇이 문제인지 알아보는 것도 좋을 것이다. 이런 앎들이 내 몸에 대한 앎과 연결되어 있다고 나는 믿는다. 반사적 반응이 아닌, 앎에서 나온 지나치지 않은 감정과 욕망으로 일상을 좀 더 채울 수 있다면 좋겠다.

* * *

근 한 달 동안 내 식욕을 찬찬히 살펴봤다. 하루에 두 번만 식사를 한다거나, 저녁 몇 시 이후에는 먹지 않겠다거나, 식품의 질을 따진다거나 등 그동안 고수했던 식습관에 너무 구애됨 없이 편안하게 먹고 싶을 때 먹었다. 혼자 먹을 때는 다른 것을 하지 않으려고 노력했다. 최대 허용치는 라디오를 듣는 것이었다.

그래도 라디오 내용을 따라가면 맛을 알 수 없었다. 먹을 때에는 먹는 것에만 집중하자! 이것은 명상과 다른 게 아니었다. 그동안 멍한 채로 먹고 있었구나! 그런 생각이 들었다. 결과적으로 내 식욕은 조금 줄었고 체중에는 큰 변화가 없었다.

8장

슬픔의 치료제

가끔 지인들이 정신과 치료나 약에 대해 물어 온다. 어떤 경우는 꾸준히 정신과 약을 먹어야 한다는 판단이 섰고, 어떤 경우는 정신과 약 복용이 너무 섣불러서 심리상담을 권유한 적도 있었다. 하지만 대부분의 경우는 정신과 치료나 약 복용이 불필요하다고 느꼈다.

이런 조언을 하지만 종합병원을 그만두고 나서는 나도 정신과 질환의 처방을 조제할 기회가 그렇게 많지는 않다. 정신과 처방의 경우 의약분업 예외 대상이라서 병원에서 조제해 가는 경우가 많기 때문이다. 약국에서 정신과 처방을 보는 횟수가 줄어들었지만 사람들이 정신적 문제를 약 복용으로 해결하려는 경향은 늘었다. 그도 그럴 게 요사이 정신질환에 대한 비호감도가 많이 줄었고 정신과 병원도 거리낌없이 간다. 또 연예인들이 공황장애로 약을 먹고 있다고 토로하는 장면도 TV에 심심치 않게 나온다.

보건복지부가 실행한 '2016년 정신질환 실태 역학조사'에 의하면 우리나라 성인 4명 중 1명은 평생 한 번 이상 정신질환을 겪는다고 한다. 정신질환의 유병률이 25.4%라니 놀랍다. 그런데 왜 정신적 질병이 늘고 있을까? 확실한 건, 정신질환에 대한 진단이 늘었다. 요새는 초등학교부터 대학교까지 학교 내에서 심리를 상담하고 이상 여부를 체크하는 일이 기본이 되었다. 학생들이고 성인들이고 정신적 문제로 약을 먹거나 상담을 받는 경우가 늘어났다.

자본주의의 발달과 사회의 구조적 문제는 갈수록 개인들의 부담을 늘리고 사회 안전망을 줄이고 있다. 이로 인해 정신적 폐해가 늘고 있다는 것은 외면할 수 없는 사실이다. 하지만 정신분석학이나 심리학은 보통 사회 구조적 원인보다 개인의 차원에서 원인을 찾게 한다. 그래서인지 사람들은 다른 어떤 노력보다 전문가를 통해 정신이나 감정의 문제를 손쉽게 해결하려고 한다. 물론 과거에 비해 정신질환에 개방적으로 다가가는 부분은 좋다고 생각한다. 또 조현병처럼 만성적인 정신질환은 약을 먹어서 조절해야 한다. 내가 문제시하고 있는 것은 사람들이 인간의 실존을 구성하고 있는 많은 감정들, 특히 우울이나 슬픔이라는 정신의 현상을 그저 폐기하려고 한다는 것이다. 이런 감정들이 우리 삶에 어떤 부분을 비추고 어떤 의미를 만들어 내는지 모른 채로 말이다.

나의 힐링 방랑기

나는 오래도록 스스로를 불안정하다고 생각해 왔다. 과거로부터 온 여러 트라우마가 나의 현재를 왜곡하고 있다고 확신했다. 어릴 때부터 몸에 밴 종교적 도그마는 스스로에 대한 부정을 부추겼다. 누구를 미워하거나 육체의 쾌락을 추구하면 바로 죄의식에 빠져서 힘들어했다. 그렇다고 정신과를 가야 한다거나 심리상담을 받아야 한다고 생각하지는 않았다. 다만 종교적으로 이를 해결하려고 했다. 요즘 분위기라면 약으로 고치려고 했을지도 모를 일이다.

가톨릭 단체 중에는 심리학에 기반한 치유 프로그램을 운영하는 곳이 많다. 어떤 수녀원에서 주최한 피정(성당이나 수도원 같은 곳에서 묵상이나 기도를 통해 자신을 살피는 일) 프로그램에 참여했는데, 강의를 듣고 각자의 에니어그램을 알아보았다. 에니어그램을 알아서 자신과 타인을 이해하자는 취지였다. 그때 들었던 칼 융에 대한 강의에 깊은 인상을 받았다. 마음속 가장 깊은 곳에 신이 자리하고 있는데 그 주변의 상처들로 인해 신을 만나지 못한다고 했다. 상처들을 치유하고 진정한 내가 돼야 신을 만날 수 있다는 것이었다. 워낙 오래전 일이라 강의의 내용을 잘 이해한 건지 모르겠지만, 당시 심리학이라는 오묘한 학문을 처음으로 진지하게 생각했던 것 같다. 그리고 나의 상처들을 치유하고 진정한 나를 찾길 원했다. 아무튼 내가 3유형이랬는데, 그 유형이 진정한 나 같지는 않았고 또 유형을 알았다고 당장 마음이 편해지는 것은 아니었다.

그다음에 참여한 프로그램에는 MBTI를 알아보는 과정이 포함되어 있었다. 나는 검사를 할 때마다 두 가지 성향이 번갈아 가며 나왔다. ENTP와 ENFP. 그때는 이 둘 중 하나가 맞을 텐데 내가 뭘 잘못해서 이런 결과가 나오는 건가 싶었고, 결과에 의미를 부여하지 못해 안달했다. 그리고 얼마 있다 이 결과는 잊혔다. 난 사람들을 몇 개의 유형으로 나누는 일에 관심을 끊었고 신앙심을 키워 갔다. 신앙심에는 어떤 예리한 분석도 필요가 없었으니까.

그 이후에도 종교와는 무관한 여러 힐링 프로그램들을 기웃거리면서 알게 된 건, 모든 문제는 내 감정이 억압되어서 생겼다는 환원적인 결론이었다. 또 각종 힐링 프로그램에서 만난 사람들은 한결같이 심리치료를 강조하고 있었다. 그러다 어떤 자격을 위해 꼭 필요하다고 하는 심리검사를 반나절에 걸쳐서 받았다. 결과는 '상담 필요'였다. 지금 와 생각해 보면 누구든 심리검사를 무사 통과할 사람은 없을 듯싶다. 어쨌건 난 7개월 정도의 긴 상담을 했고 내가 늘 원인일 거라 생각했던 것이 그야말로 상상에 불과하다는 걸 알게 되었다. 그 점에 있어서 이 상담은 내게 유용했다. 사실 심리상담은 오랜 시간을 들여 나를 비난하지 않는 누군가와 자신에 대해 충분히 이야기를 나누는 과정이다. 남의 도움을 빌려 비로소 깊게 나에 대해 생각해 본 건 아닐까 싶다.

슬픔과 기쁨의 실존

종교 안에서 그리고 심리상담 등등 소위 '힐링판'이라는 곳을 전전하면서 내가 바랐던 것은 불안, 우울, 분노 등 슬픔 계열의 감정들을 없애고 원래의 나를 찾는 것이었다. 이런 감정들은 내 정신의 역량뿐 아니라 신체의 역량까지도 떨어뜨린다. 당연히 슬픔 계열의 감정들에서 벗어나는 것이 좋다. 하지만 우리에게 질병이 피할 수 없는 일이듯 "침울한 감정이나 과거에 겪었던 정신적 충격 등은 필연적인 인간의 조건이다"(수전 손택, 『은유로서의 질병』, 이재원 옮김, 이후, 2002, 79쪽). 이런 감정도 비정상이 아니듯 이런 감정에 휩싸였다고 해서 내가 비정상은 아니라는 뜻이다.

슬픔 계열이건 기쁨 계열이건 어떤 감정도 우리에게는 당연하다. 제아무리 성인(聖人)들이라 하더라도 감정이 생기지 않을 수 없다. 다만 그 감정에 휘둘리지 않을 뿐. 원치 않는다고 슬픔의 감정을 인생에서 들어낼 수 없고, 원한다고 해서 언제든 마음먹는 대로 기쁨이 생기지도 않는다. 그런데 요즘 세상은 밝은 감정, 흥분된 표현, 과장된 리액션만을 원하는 것 같다. 기쁨이 정상이고 슬픔은 폐기되어야 할 비정상이 되어 버렸다. 게다가 원하는 기쁨의 강도가 점점 커지고 있다. TV의 예능에는 '하이 텐션'을 뿜어내는 연예인이 아니라면 자리 붙일 수 없을 정도이다. 가끔 연예인의 눈물이 방송되기도 하지만 왠지 보는 사람들의 눈물을 강요하는 것 같아서 불편할 때가 있다. 다 그런 것은 아니지만 포장된 슬픔은 슬픔의 실존을 천편일률적으로 재단할 뿐이다.

나 또한 기쁨에서 늘 동력을 얻었다. 기쁨이 동력을 줄 수 있다는 것은 당연하다. 하지만 그 기쁨이라는 것도 다양한 정도와 다양한 색깔이 있을 것이다. 나는 흔히 '기분이 좋아 죽겠다' 정도의 흥분 상태가 아니면 기쁨이라고 못 느꼈다. 이는 나만의 일은 아닌 듯하다. 웬만큼 기뻐서는 간에 기별도 안 가고 조금만 슬퍼도 큰 문제가 된다.

게다가 성과를 내야 하는 주체*가 되어 버린 우리는 외부에서 주어지는 스트레스에 더해 스스로가 스스로를 착취하면서 스트레스를 더 만든다. '지속적인' 스트레스는 현대인에게 일상이다. 스트레스가 기분 개선에 관여하는 신경전달물질인 세로토닌을 고갈시킨다는 연구결과도 있다. 스트레스로 인해 말초와 중추신경계에서 염증성 사이토카인의 분비가 늘어나고 이 사이토카인이 세로토닌을 고갈시킨다는 메커니즘이다.

스트레스 상황이라면 당연히 기쁨의 강도에 대한 요구량이 커진다. 상대적으로 슬픔에 대한 역치는 떨어진다. 웬만큼 기쁘지 않고서야 삶의 의욕이 생기지 않고 슬퍼질까 봐 두려워지고 불안해진다. 이로써 감정이라는 상상에 우리가 쏟아야 할 에너지는 날로 늘어나고 삶이라는 실존 자체가 왜곡된다.

---

* 한병철은 『피로사회』(김태환 옮김, 문학과지성사, 2012)에서 후기 근대인을 성과주의 사회에서 스스로를 착취하여 가해자인 동시에 피해자가 되고 있는 성과주체라고 명명했다. 스스로 성과주체가 되는 이유는 신자유주의적 자본주의하에서는 타인을 착취하기보다는 자신을 착취하는 것이 훨씬 효과적이고 더 많은 성과를 낼 수 있기 때문이다.

정신질환 권하는 사회

스트레스 말고라도 어떤 이유에서건 기분은 다운될 수 있다. 그와 동시에 세로토닌, 도파민 등의 기분을 좋게 하는 신경전달물질이 몸에서 줄어든다. 다운된 기분을 올리기 위해서는 이러한 신경전달물질을 몸에 넣어 주거나 몸에서 더 많이 생산되게 하면 되는 것일까? 그렇다고 대답하는 쪽이 바로 현대 정신의학이다. 정신과는 주로 중추신경계, 즉 뇌에 작용하는 약물을 복용케 함으로써 정신질환을 치료하려 한다. 다른 한쪽에는 심리상담이 있다. 심리상담은 약을 주지 않고 오랜 시간에 걸쳐서 대화를 한다. 물론 양쪽 다 어느 정도의 효과는 있고 이 두 가지가 병용되기도 한다. 효과가 없었다면 그 상품성이 지금처럼 남아 있지는 않았을 것이다.

하지만 약 한 알을 먹어서 우울한 기분이 개선되었다고 해서 내가 우울증인 것일까? 아니 더 근본적으로 내가 슬픔에 빠졌다고, 불행하다고 느낀다고 해서 내 정신에 문제가 있는 것일까? 친구와 고민에 대해 얘기한 후 기분이 나아진 것과 심리상담사와 얘기한 후 기분이 나아진 것 사이에 어떤 차이가 있을까? 정신의학은 자연과학이고 심리학은 인문학이라는데 다른 두 분야의 다른 치료법은 정신질환에 대해 무엇을 말하고 있는

가? 묻지 않을 수 없다. 정신질환의 진단을 우리는 어디까지 믿을 수 있을까?

정신질환을 진단하는 데에는 『정신질환 진단 및 통계 편람; Diagnostic and Statistical Manual of Mental Disorders』(일명 'DSM')이 널리 사용된다. DSM은 1952년 이래로 계속 개정을 거쳐 개정5판이 2013년에 나왔다. 이 최신판이 '진단 인플레이션'과 '의료화'를 부추기고 있다고 개정4판 집필 책임자인 알렌 프랜시스는 비판했다고 한다. 또 DSM의 진단 기준이 절대적이라 할 수도 없다. 해석에 여지가 있기도 하고 시대에 따라 정신질환의 정의가 유동적이기 때문이다. 예컨대 동성애는 개정3판이 나왔던 1980년대까지만 해도 성정체감 장애의 하나로 분류되었으나 1994년에 나온 개정4판에서는 더 이상 정신장애가 아니게 되었다. 멜 슈워츠라는 심리학자는 한 심리학 전문 잡지 블로그에 아래와 같이 쓰고 있다.

"인생의 오르막과 내리막이라는 정상적인 경험들이 지금은 기능 이상의 프리즘을 통해 관찰되고 있는 게 아닌가 싶다. 모든 시련과 고통에는 진단명이 꼬리표처럼 붙고, 우리는 희생자 집단이 되어 간다. 막연한 불안감과 인간다움의 병리화에 희생되어 가는 것이다."(에릭 메이젤, 『가짜 우울: 우울

을 권하는 사회, 일상 의미화 전략』, 강순이 옮김, 마음산책, 2012,
23~24쪽에서 재인용)

'정신의 병'이라는 정의는 점점 넓어지면서 인간의 다양한
실존들이 거기에 욱여넣어지고 있는 것 같다. 정신과 약물들도
많이 개발되어 그만큼의 수요를 만들어 내고 있다. 이런 약들을
자동차나 전기주전자처럼 단지 문명의 이기로 생각하고 편의적
으로 다가가도 되는 것일까?

슬픔을 품은 삶의 진실들

나는 불안, 슬픔, 우울에 빠져 있는 '나'를 고쳐야 한다고 생각했
다. 이런 감정을 훌훌 털고 기쁨과 의욕에 찬 진정한 내가 있을
테니 말이다. 이런 생각들이야말로 망상이다. 어떤 감정에 처해
있든 나는 나인데, 다만 그런 '나'의 생각과 행동이 시절 인연에
따라 다양한 의미 또는 진실을 만들 뿐이다. 정해진 '나'라는 건
없다. 변화하는 세상 속에서 나 또한 변하고 있을 뿐이다.
　더 이상 정해진 나라는 것을 찾지 않게 된 것은 인문학을 공
부하면서부터이다. 인문학 공부는 자백과 자기 비하의 극과 극

을 오가는 상상적 자아를 해체하는 방식으로 스스로를 보도록 했다. 물론 이는 쉬운 일이 아니다. 딱딱해진 자아를 부수고 나면 또다시 굳어진 자신을 발견하곤 한다. 또 인문학 공부만이 유효하다고 말할 수 없다. 많은 힐링 경험 끝에 다다른 인문학 공부가 내겐 도움이 되었다.

사주명리학을 통해서 운명애를 배웠고, 사회뿐 아니라 사회의 구성원인 자신과도 처절히 싸우는 루쉰을 닮고 싶었고, 마르크스를 통해서 돈에 대해 다른 생각을 하게 되었다. 스피노자로부터는 감정이 인간이라는 존재의 필연성임을, 그리고 그 감정에 휘둘리지 않기 위해 혼자가 아닌 우정의 힘(또는 공동체의 공통 감각)이 필요함을 배웠다. 최근에는 푸코 공부를 시작했다.

"푸로작 한 알이면 금방 기분이 나아질 텐데 왜 그렇게 복잡하고 어려운 공부를 하니?"라고 누군가 묻는다면, 푸로작의 수많은 부작용은 차치하고라도, 화학물질에 내 기분을 맡기고 싶지 않노라고 답하고 싶다. 무엇보다 슬픔 계열의 감정들을 없애는 것이 치료라고 말하고 싶지 않다. 약으로 이런 감정들이 없어진다면 나는 그때 그 슬픔이 품은 진실을 만나지 못할 것이다. 또 슬픔의 진실들을 외면하는데 어찌 기쁨의 진실들을 만날까? 순서가 바뀐 거다. 슬픔이나 우울 때문에 삶이 비참해진 게 아니다. 삶이 있기 때문에 그 안에 슬픔과 우울이 있는 거다.

이제 나에게 '공부한다'는 말은 지식의 습득이 아니다. 공부가 내 삶과 만나 생산한 다양한 나의 진실을 만나는 일이라고 말하고 싶다. 슬픔, 우울, 불행을 품은 삶의 의미들을 깨닫게 해주는 것은 '친구들과 함께하는 공부'이다. 그런 진실 또는 의미를 만날 때 작은 깨달음이지만 기쁘다. 나는 공부가 만들어 낸 여러 스펙트럼의 기쁨을 느끼고 싶다. 잔잔한 기쁨이라는 말이 성립할 수 있다고 느끼는 요즘이다.

* * *

나의 힐링 방랑기는 실은 더 길다. 북미 인디언이 직접 와서 진행했던 정화 의례에 제주도까지 가서 참석했고, 이름도 기억나지 않는 외국인이 전생과 영혼의 상태를 본다기에 친구 집에 냅다 갔다. 또 레이키(靈気)라는 기(氣)치료 비슷한 것도 배웠다. 한 신부님과 꿈 해석도 진행했고 유명 심리학자와 집단 꿈 투사작업도 했다. 예수회 신부님과 수녀님으로부터 이냐시오 영신수련을 장시간에 걸쳐 수료했다. 종교 때문에 끝까지 망설이다 타로도 배웠다. 이런 경험들이 다 나름 의미는 있었던 것 같다. 적어도 난 손쉽게 나의 실존을 폐기하지는 않았으니까. 물론 미신적인 마음으로 임했던 힐링 경험도 많지만, 지금 생각해 보면 이런 과정을 통해서 나는 스스로 삶의 진실들을 찾고자 노력했던 것 같다. 사실 누구나 조금씩은 이런 노력을 하며 산다. 어쨌건 지금 나에겐 친구들과 함께 공부하고 활동하며 만들어 가는 하루하루가 그 무엇보다 의미 있다. 친구들과 싸울 때, 서로 속상할 때 모두를 포함해서.

9장

노인과 박카스

작년 중반부터 생활에 변화가 있었다. 엄마와 함께 살게 되었고, 약국을 옮겨 일하고 있다. 엄마와 함께 살게 되면서 모르던 엄마의 모습을 발견하곤 한다. 또 새로운 약국엔 노인 손님들이 압도적으로 많다. 자연스럽게 노인들과 얘기할 일이 많아졌다. 이런 변화에 종종 당황스러운 순간도 있었지만 무관심했던 노인들의 일상을 좀 더 알게 되었다.

약국으로 출근하는 노인들

약국에 오는 노인들의 처방을 살펴보면 당뇨, 고혈압, 고지혈증 치료제는 노인이라면 응당 복용해야 하는 것처럼 자주 등장한다. 여기에 퇴행성 관절염, 백내장, 빈뇨나 요실금, 불면증, 변비

등 노화 현상에 대한 약들이 추가된다. 최근엔 치매를 예방해 준다는 뇌 영양제를 너도나도 유행처럼 지어 간다. 어떤 할머니는 예방을 한다면서 우울증 약을 처방받아 와서 날 놀라게 했다. 이런 만성질환 말고도 작은 통증이나 감기 기운 등으로 조금만 아파도 노인들은 일상적으로 병원에 간다. 이 병원에서 차도가 안 보이면 금방 다른 병원에 가는 등 종합병원에서부터 동네에 있는 병원들까지 죄다 섭렵하고 다닌다. "노인들은 약으로 산다"며 한 달 생활비보다 한 달 병원비가 더 많이 든다는 한 할머니의 푸념이 진실일지도 모른다.

어떤 특정한 약에 몸을 길들인 노인들도 많다. 물약으로 된 종합감기약(판콜 또는 판피린)을 감기와 상관없이 습관적으로 복용하거나, 박카스의 경우는 두말하면 잔소리일 정도로 노인들의 최애품이다. 한 할머니는 액상 멀미약을 매주 10병씩 사 가는데 사실 이 모든 약에는 카페인이 들어 있다. 카페인에 중독된 것이다. 이밖에 우황청심원이나 물약으로 된 소화제 등도 매주 사 가는 노인들이 있다. 이런저런 증상들 때문에 먹기 시작한 약들이겠지만 이미 습관성이 되어 버렸다.

왜들 이렇게 노인들이 병원과 약국에 출근하듯 가게 되었을까? 노화로 인해 전반적으로 몸의 기능이 퇴화하고 면역력도 낮아지기 때문에 불편하고 아플 가능성이 증가한다. 하지만 대

증요법을 중심으로 하는 현대 의학 아래에서는 노화는 더 이상 자연스러운 현상이 아니다. 노화가 조금이라도 불편을 준다면 모두 증상이고 질병이 된다. 의료만이 아니라 사회 전반적으로 노화를 불편이나 혐오로 보는 시대상도 무시할 수 없다. 이러니 누구나 노인이 되면 병자가 된다. 덕분에 고령화된 사회에서는 병자의 수가 늘어날 수밖에 없고 나라의 의료 및 복지 제도도 이에 따라 정비된다. 현재 우리나라에서 (비급여 약 없이) 총 약제비가 10,000원 이하면 65세 이상 노인환자가 부담하는 금액은 1,000원이다. 감기약 3일분, 관절약 5일분 정도는 1,000원에 받아 갈 수 있다.

노인에 대해 혜택을 늘린 건강보험제도가 좋은 점도 있지만, 노인들이 약을 무분별하게 복용하게 하는 허점도 생긴다. 여러 병원과 약국을 쇼핑하듯 다니다 보니 노인들이 한 번에 먹는 약의 개수가 열 개 가까이 되는 경우도 흔하고 약효가 겹치는 경우도 많다. 약의 대사와 배설을 주로 담당하는 간과 신장의 기능이 노화로 인해 약화되어 있는데, 이 많은 약이 한꺼번에 몸속에 들어가면 당연히 무리를 주고 부작용이 어떤 식으로든 나타날 수밖에 없다. 다섯 종류 이상 약물을 먹는 '다약제 복용' 비율이 우리나라 노인들의 경우 82.4%이다. 이는 호주(43%), 일본(36%), 영국(13%)과 비교했을 때 2~6배 수준이라고 한다.

이쯤 되면 병원이건 약국이건 또 제약회사건 노인들 때문에 먹고산다고 해도 과언이 아니다. 그만큼 노인들이 소비하는 의료서비스와 약은 많다. 늙는다는 걸 복용하는 약의 알 수를 늘리는 거라고 정의해도 될 정도다. 많은 제약회사들이 생활습관병뿐만 아니라 노인성 질환에 대한 약이 이미 많은데도 불구하고 그 시장에 뛰어드는 이유일 것이다.

늙음이 당황스럽다

노인들의 약물 오남용을 걱정하는 한편 약국에 오는 노인들을 대하는 나의 태도는 한 방향일 때가 많다. 소통이 어려울 거라는 선입견을 가지고 대하게 되고, 그들의 말을 듣지만 어디까지나 서비스 매너에 불과할 때가 많다. 내가 이런 태도를 갖게 된 데에는 분명 일부 고집불통 노인들도 한몫했겠지만, 기본적으로 나에게 늙음에 대한 낯설음이 있고 그 낯설음 뒤에는 늙음을 싫어하는 내가 있다.

솔직히 말하면 난 노인들을 잘 이해하지 못한다. 성당에서 몇 년간 독거노인을 보살피는 봉사를 했다. 돌이켜보면 나에게 그들은 어디까지나 신의 사랑을 실천하는 대상이었던 것 같다.

할머니, 할아버지들을 대할 때 늘 어렵다고 생각했다. 그도 그럴게 난 노인들과 함께 살아 본 기억이 없다. 홀로되신 후 함께 살던 친할머니는 내가 두 살 때 돌아가셨고 외조부모들도 중고등학교 때 모두 돌아가셨다. 또 급격하게 우리 사회가 핵가족화되던 시절을 거쳐 내가 성장한 탓도 있다.

함께 살게 되면서 엄마의 늙음이 내게 갑작스럽게 다가왔다. 지금 엄마는 70대 중반으로, 나에게 가장 친근했던 외할머니가 60대에 돌아가셨으니 내가 가까이에서 경험했던 늙음을 이미 초과했다. 엄마와 함께 20년을 살았고 이후 더 긴 세월을 떨어져 살았다. 내 마음속에서 엄마의 나이는 50대 초반에 멈춰 있었다. 당뇨와 고지혈증 약을 복용하고 있지만 엄마를 크게 걱정하지는 않았다.

그런데 함께 생활을 하게 되면서 엄마가 체력만이 아니라 지력도 떨어지는 게 아닌가 염려된다. 예민한 딸을 항상 감싸주던 엄마였는데 이젠 쉽게 감정을 드러낸다. 엄마는 종종 이런 말씀을 하신다. "나도 이제 늙으니까 너네가 지적하는 소리 듣기 싫다!" "우리 나이는 가만있어도 미움받을 나이라더니…." 엄마가 이렇게 얘기하시면 나는 무슨 말을 해야 할지 모르겠고 버럭 화가 난다. "울 엄마는 보살인 줄 알았는데…" 하는 여동생도 나랑 같은 심정이다. 약국에서 만나는 노인들과 엄마가 겹쳐서 보이기 시작했다.

내가 늙음을 대상화하고 있지만 실은 나도 늙고 있다. 누구라고 늙음을 피할 수 있겠는가? 어느덧 내 마음속 엄마의 나이에 나도 가까워졌다. 노안은 물론이고 이제 생리마저 불규칙해지면서 내게 완경(폐경)이 머지않았구나 생각한다. 작년부터 몸의 변화를 많이 느끼고 있다. 활동력이 떨어지고, 기운도 없고 기분도 많이 가라앉는다. 또 몸이 자주 가렵기도 했고 요즘은 사춘기 때도 나지 않았던 여드름이 얼굴에 나기 시작했다. 처음엔 이런 증상들과 갱년기를 연결시키지 못했다. 속이 안 좋은가? 아님 화장품 문제인가? 별별 생각을 해보다 결국 호르몬 수치에 변화가 왔다는 판단을 내리게 되었다. 사실 내 몸에 닥친 노화가 가장 낯설고 당황스럽다.

늙지 않으려는 세상

우리 모두는 성장하고 나면 늙는다. 성장과 노화를 나누지만 결국 태어난 이후엔 죽음을 향하는 과정이라는 점에서는 같다. 그러나 이런 자연스러운 과정인 노화나 늙음이 우리 사회에서 없는 척하는 단어가 되었다. 급격하게 고령화되고 있는 사회에서 우리 눈앞에 자주 목도되고 있음에도 말이다. 50대의 나이에도 불구하고 20대의 미모와 젊음을 자랑하는 사람들이 인터넷을 달군다. 자기 나이대로 보이는 것은 슬픈 일이 되었다. 늙어도 해외여행을 다니는 '꽃보다 할배'들은 행복한 노년의 기준이 되어 이제 효도의 우선순위에 해외여행을 뺄 수 없다. 내가 늙음에 당황하고 있는 이유도 이 사회 일원으로서 나 또한 이런 분위기에 부지불식간에 젖어 있기 때문이다.

젊음이 왜 우리의 욕망이 되어 버렸을까? 많은 것을 향유하되 젊은이처럼 향유하길 원한다. 아프면서 오래 살기는 싫다. 이런 욕망을 먹고 크는 의료산업을 포함한 각종 산업이 있다. 자연스러움을 거스를 때 비용은 발생하기 마련이며 이런 비용은 그런 산업들을 키운다. 과학의 발전도 자연을 정복하는 쪽으로 산업 발전과 궤를 같이해 왔다. 이제 과학은 죽음이라는 필멸성까지도 극복하려 한다.

과학의 발달과 함께 영생을 이루려는 사람들(영생주의자 immortalist)까지 나타났다. 트랜스휴머니즘(transhumanism 또는 초인간주의)은 현재 과학의 큰 테마 중 하나이다. 위키백과에 의하면 트랜스휴머니즘이란 과학과 기술을 이용하여 사람의 정신적·육체적 성질과 능력을 개선하려는 지적·문화적 운동이다. 이것은 장애, 고통, 질병, 노화, 죽음과 같은 인간의 조건들을 바람직하지 않고 불필요한 것으로 규정한다. 데카르트의 이원론에서 유래한 인간 중심적 사상이라고 하니 어려울까 싶은 생각이 든다. 급진적인 경우 트랜스휴머니즘은 일체의 육체적 존재를 경멸하며 육체를 탈출하길 원한다. 이들은 컴퓨터에 두뇌의 정보를 옮겨 개인의 자아를 영구적으로 보존하는 방식으로 기술적 불멸성을 이루려는 것이다.

트랜스휴머니즘이 추구하는 불멸성은 자본의 끝없는 성장주의와 닮았다. 죽음까지도 극복하고자 하는 이 시대에 늙음은 가치가 없다. 노동할 수 없고 돈도 벌 수 없기 때문에 자본의 입장에서 늙음은 비생산이므로 불필요하다. 그나마 의료나 실버 산업 분야에서 늙음이 돈을 버는 대상이 되니 다행이라고 해야 하나? 나도 결국 자본주의가 찬양하는 주요한 가치에서 멀어지는 게 두려운 것이다. 내 몸의 변화를 갱년기로 인식했을 때 바로 든 생각은 '호르몬을 대체할 식물 추출물을 먹을까?'였다. 호르몬 대체요법에 대해 난 그렇게 긍정적이지 않다. 몸이 호르몬 감소에 적응할 기회를 뺏고 유방암 등의 위험성을 늘리기 때문이다. 물론 식물 추출물은 그 부작용이 덜하겠지만, 갱년기에 대해 즉각적으로 부정적인 생각을 한 나에게 놀랐다.

'다가오는 것들'

약국에서 만난 노인들, 다시 함께 살게 된 엄마, 그리고 갱년기에 접어든 나. 늙음이 3단 콤보로 내 앞에 나타났다. 이젠 늙음을 나랑은 상관없는 일이라며 강 건너 불구경하듯 할 수 없다. 『새벽 세 시의 몸들에게』의 저자 중 한 명인 김영옥은 "나이가 들어 가며 점점 더 낯설게 변화하는 몸 '덕분에' 우리는 자기 동일성의 상실을 맛보게 된다"고 말한다(김영옥, 「시간과 노니는 몸들의 인생 이야기: 나이 들며 아프며 살며」, 『새벽 세 시의 몸들에게』, 봄날의책, 2020, 267쪽). 나이가 잊고 지내던 몸을 일깨우는 것이다. 우리는 "나이를 먹어 감으로 존재한다는 사실"을 새롭게 깨닫게 된다. 작가는 이런 인식이 생의 시간을 이해하는 문리를 트이게 한다고도 했다. 나의 이야기가 변해 가는 몸을 계기로 다른 시간성을 획득하고 새로운 의미를 만들 수 있다는데 정말 그럴까? 내 몸의 노화가 주는 상실감도 있지만 늙음에 대해 이제까지와는 다른 눈을 가지고 싶어졌다.

노인들이 박카스를 박스째 사 가면 다들 카페인에 중독되어 동아제약만 좋은 일 시키는 거라는 생각이 들다가도 박카스를 통해 정을 주고받는 그들의 삶을 비하할 수 없다. 작년 연말 노인정에서 김장을 하던 날, 여러 할머니들이 노인정에 가져간다며 쌍화탕이나 박카스를 사 갔다. 어떤 할머니는 불편한 다리로 지팡이를 짚고서 박카스 두 박스를 사러 왔다. 노인정에 간다고 해서 이미 여러 명이 사 갔으니 한 박스만 사 가시라 했는데 안 된다는 거다. 결국 내가 전속력으로 달려 길 건너까지 배달(?)해 드릴 수밖에 없었다(새 약국에서는 혼자서 일하고 있기 때문에 약국을 비우기가 어렵다).

한 할머니는 멀미약과 한방 소화제를 달고 사는데 어느 날부터 남편 분이 대신 왔다. 친구와 이름이 같아서 친해진 할머니인데 거동이 불편하셔서 요새 통 얼굴을 못 보게 되었다. 말을 못하는 할머니 남편 분이 내민 쪽지는 '저 박연옥인데 아시죠?'로 시작하고 있었다. 쪽지 속의 그 이름을 보면서 할머니와 나 사이에 생긴 친밀감과 함께 노부부의 삶의 무게가 짠하게 느껴졌다.

엄마와 노인들에게 자본주의 운운하며 '꽃보다 할배'를 욕하거나 병원에 자주 가지 말라는 말은 잘 안 통할 거다. 하지만 딸들 때문에 고향을 떠나서도 친구들과 전화 통화로 우정을 나누고 노인일자리에서 새 친구들을 만들며 사는 엄마를 응원하고 싶다. 또 약으로 점철되었지만 약국에 오는 노인들에게서 연대와 우정의 모습을 발견할 수 있어서 좋았다.

몇 달 전 친구가 추천해서 본 영화 〈다가오는 것들〉이 생각난다. 영화는 중년의 한 여인에게 닥쳐 온 여러 일들을 다루고 있다. 그녀의 늙음 앞에 다가오는 것들은 남편의 배신과 떠남, 어머니의 죽음, 교과서 저자에서의 배제… 다가오는 것들은 떠나는 것들이었을까? 그녀는 이러한 상실을 젊은 제자와의 로맨스로 극복하지 않는다. 영화의 마지막은 편안한 표정의 그녀와 평생을 가까이한 책들이 놓인 거실을 함께 보여 준다. 떠난 것들이 아닌 앞으로 다가오는 것들을 편안하게 맞이할 그녀를 자연스럽게 기대하게 되었다.

　　인생의 봄과 여름이 지나가는 것이 나에게도 더 이상 슬픔이나 상실이 아니었으면 한다. 내 욕망을 젊은 시절에 가둬 놓기보다는 가을과 겨울이라는 수렴의 시절에 새로 배치해야겠다. '젊음'에 갇히지 않고 자유로울 수 있는 새로운 욕망의 배치를 위해, 늙음이라는 새로운 가치를 기르기 위해 차근히 공부해 가고 싶다.

10장

바이오 기술의 과속 스캔들

바이오 스캔들

최근 한 유전자 치료제가 큰 스캔들에 휩싸였다. 국내 최초 유전자 치료제인 '인보사케이'(이후 인보사) 이야기다. 인보사는 국내는 물론 세계 최초 골관절염 유전자 치료제이다. 그러나 식약청은 인보사의 허가취소를 확정했다. 인보사는 연골을 재생하기 위한 동종 연골세포(1액)와 염증과 통증을 억제하기 위한 성장인자 유전자(TGF-beta1 gene)가 도입된 연골세포(2액)로 구성된다. 그런데 2액의 세포가 연골세포가 아닌 신장세포로 밝혀졌다. 식약청의 조사 결과, 개발사에서 허가서류에 허위정보를 기재했고, 또 2액의 세포가 신장세포임을 알면서도 숨긴 것이 드러났다. 식약청은 이 회사를 형사 고발했다. 식약청의 허가취소 발표 후 이 개발사의 주식은 거래가 중지되었고 수많은 투자자들의 손해가 예상된다. 그러나 더 큰 문제는 이미 이 약을 투여받은 사람들에게 어떤 부작용이 발현될지 짐작할 수가 없다는 것이다.

유전자 치료제는, 유전자 도입을 위한 벡터*로 사용된 바이러스가 어떤 사람에게는 심각한 감염을 일으킬 수 있는 위험을 가진다. 또 유전자가, 원치 않는 위치에 도입되면 오히려 종양을 유도할 수도 있다. 인보사의 문제는 유전자가 도입된 세포가 신장세포, 더욱이 암세포처럼 무한 증식할 수 있도록 형질 전환된 세포(GP2-293 세포)라는 것이다. 물론 개발사는 방사선 조사로 세포의 활성을 없앴고, 허가 자료는 바뀐 신장세포를 근간으로 만들어져서 안전성에는 문제가 없다고 주장하고 있다. 향후 15년간 인보사를 투약한 환자들을 추적 조사한다는데, 약 개발비에 맞먹는 큰돈이 소요된다고 한다.

인보사 사건 이전에도 바이오 스캔들은 있었다. 2005년 황우석 교수의 줄기세포 관련 논문 조작 사건이 그것이다. 난자로부터 배아줄기세포를 만드는 데 성공했다는 논문의 내용은 거짓이었다. 또 최근 미국에서 '테라노스'라는 바이오 회사가 사기를 친 것이 발각되었다. 이 회사는 피 한 방울로 200여 개의 질

---

* 어떤 유전자를 하나의 생물로부터 다른 생물에게 이식할 때 그 유전자를 운반하는 역할을 하는, 자율적 증식 능력을 지닌 DNA 분자.

병을 검사할 수 있는 기술을 가지고 있다고 해서 약 10조 원에 달하는 엄청난 투자를 받았다. 하지만 내부 고발로 그 기술이 거짓임이 밝혀졌다.

　바이오 의약품, 특히 유전자를 이용하는 경우는 개발도 어렵지만 거기에 따른 검증도 어렵다. 유전자를 이용한 치료제의 역사가 짧고 그에 따른 충분한 연구가 축적되지 않았기 때문이다. 게다가 기술의 발전은 빠르고 그 범위도 넓어지고 있어서 생명윤리 문제도 늘 제기된다. 그러니 허가를 주는 관청도, 투자자들도, 의료인들도, 환자들도 판단이 잘 안 선다. 허위나 거짓이 있더라도 밝혀내기가 힘들다. 바이오 분야의 스캔들은 앞으로도 일어날 가능성이 있다.

Genetically Modified Life(유전자 변형된 일상)

바이오 스캔들을 보면서 그들이 우릴 속였다는 사실에만 분개하고 있을지 모르겠다. 나처럼 관련 분야에 적을 두고 있는 사람들에게도 바이오 분야 특히 유전자 분야는 어렵다. 그래서 이런 사건을 봐도 자세히 알려고 하기보다는 욕하고 마는 경우가 대부분이다. 이 글을 쓰기 위해 관련 정보와 책을 읽었는데 역시

머리에 잘 들어오지 않았다. 그만큼 내가 알고 있던 지식과 현재 유전자 분야의 발전 사이에 갭이 컸다.

그도 그럴 것이 난 1세대 바이오 의약품까지 배우고 졸업했고 직장생활을 하면서 2세대와 3세대 바이오 의약품을 접하게 되었다. 약의 기전이야 알았지만 그 바탕 지식인 유전자 조작(유전자 변형, 유전자 재조합) 기술에 대한 이해도는 낮았다. 말이 나왔으니 잠깐 바이오 의약품에 대해 간략하게 살펴보자. 우리에게 익숙한 인슐린 주사가 1세대 바이오 의약품이다. 휴먼 인슐린을 만드는 유전자 재조합 과정은 다음과 같다. 대장균 세포 내에는 플라스미드*라는 고리 모양의 DNA가 있다. 이 플라스미드 한 부분을 잘라내고 그 부분에 인슐린의 DNA를 접합하여 대장균에 넣는다. 이 대장균이 번식하면서 변형된 플라스미드가 인슐린(단백질)을 생산한다. 이 배양액에서 인슐린만을 분리 정제하면 의약품이 된다.

2세대 항체 치료제와 3세대 세포 치료제 및 유전자 치료제는 더욱 정교해지고 발전된 형태의 유전자 조작을 통해 만들어진다. 특히 이 2, 3세대 치료제는 주로 암, 유전병, 자가면역질환 등 치료하기 힘든 질병들을 타깃으로 개발되고 있다. 이런 의약

---

* 세포 내 핵외 유전자로 염색체와는 별개로 존재하며 자체 증식하는 유전자를 통틀어 이르는 말. 세포 내에서 다음 세대로 안정하게 유지되고 전달된다.

품들이 아주 드물게 사용되겠거니 짐작할지 모르겠다. 하지만 지금 의약품 시장은 바이오 의약품이 견인하고 있다. 세계 의약품 판매 상위 10위 안에는 항체 치료제들이 반 이상일 정도로 판매량이 많아졌고, 국내에도 40개 이상이 판매되고 있다. 유전자 치료제도 마찬가지로 십수 종이 국내에서 허가되었다.

유전자 조작은 비단 의약품 분야만의 일은 아니다. 농업 분야는 이미 오래전부터 이 기술이 쓰이고 있다. 이른바 GMO(Genetically Modified Organism), 즉 유전자 변형 생물체가 그것이다. 이는 인슐린 생산에 쓰인 기술과 같다. GMO 첫 사례는 1994년 FDA(미국 식품의약국)의 승인을 받아 개발된 무르지 않는 토마토다. 이후 옥수수, 콩, 유채, 감자 등 많은 작물들이 GMO로 생산되고 있다. 유전자 변형은 식품, 의약품, 생활용품이 되어 우리 생활 깊숙이 들어와 있다.

GMO나 바이오 의약품에 사용되는 유전자 변형은 실험실에서 조작된다. 인위적으로 세균의 유전자와 식물의 유전자를 접합하기도 하고, 사람의 유전자와 바이러스 또는 동물의 유전자가 접합되기도 한다. 실험실에서 탄생한 유전자 변형체가 생물로 전환된다. 이 유전자 변형된 생물은 세대에서 세대로 대물림되기도 하고 한 세대에 국한되기도 한다. 그러나 자연에서는 발생할 가능성이 낮은 변형이기에 염려가 된다. 그리고 이런 유전자 변형이 우리 인체와 삶에 어떤 변형을 가져올지 검토하고 추적할 충분한 시간이 지나지 않았다는 것 또한 문제이다.

플라스틱 자궁 공학 또는 새로운 우생학?

'인위'와 '자연'에 어떤 간극이 있을까? 유전자 조작이라는 인위가 주는 공포와는 별개로 사실 모든 생물의 세대는 변이체와 돌연변이체를 생성하고 있다. 어찌 보면 이런 다양성과 돌연변이는 생물학적 명령이라고도 할 수 있다. 이런 변이들의 축적이 진화이다. 그렇다면 우리는 인위적인 유전자 조작에 어떤 태도를 취해야 할까?

유전자 공학의 발전도 당연히 음과 양이 있다. 예컨대 항암제 분야에서는 바이오 의약품의 약진이 환자들에게 희망을 주고 있다. 기존의 화학요법이나 방사선 치료법은 너무 독성이 강해서 부작용으로 인한 고통이 심했다. 하지만 특히 항체 치료제의 경우는 암세포만을 표적하여 치료하기 때문에 정상세포에 대한 영향이 적어 부작용이 줄었고 항암 효능도 좋다.

그러나 모든 질병의 원인을 유전자에서 찾는 것은 위험하다. 인보사의 경우 성장인자 유전자를 넣어 준다고 하지만 골관절염에 관련된 유전자가 유전병처럼 하나일 리가 만무하다. 대부분의 질병은 여러 유전자 변이와 관련이 있다. 또 안젤리나 졸리가 유방 절제술을 시행해서 유명해진 BRACA 1 돌연변이 유전자의 경우는 불완전한 침투도를 갖는다. 즉, 이 돌연변이를 가진 모든 여성이 유방암에 걸리는 것은 아니라는 말이다. 게다가 유방암도 여러 원인으로 발병한다.

또 한 가지 생각해 볼 것이 있다. 어떤 병을 일으킨다고 알려진 유전자가 그 병만이 아니라 그 사람의 독특한 능력이나 특성과 연관이 있는 경우가 있다. 따라서 특정 유전자에 어떤 질병을 일으켰다는 오명만을 씌우기는 어렵다. 만약 그 유전자를 제거하면 그 질병에 걸리지 않을 수 있지만 그 사람의 그 특성은 없어질 것이다.

현재 유전공학은 '유전자 가위'라는 기술까지 와 있다. 특정 변이 부분을 효소를 이용하여 잘라내고 그 부분에 정상 유전자를 삽입하는 기술이다. 2020년 노벨 화학상은 3세대 '유전자 가위'를 개발한 두 여성 과학자가 탔다. 가히 유전자가 과학의 핵심 테마라 할 만하다. 그러나 '유전자 가위'라는 기술에서 한편 섬뜩한 느낌이 든다. 유전적 진단과 그에 따른 유전적 개입을 상상하게 하기 때문이다. 나치의 우생학도 유전학이 전 세계적으로 주목을 받기 시작한 시점에 생겨났다. 그때는 독일뿐 아니라 미국에서도 유전자를 내세워 결함 있는(?) 사람들을 수용소에 수용하고 불임화 수술까지 시행했다.

지금 우생학을 얘기하는 것이 시대착오적일까? 내 여동생은 첫 아이를 늦은 나이에 임신했다. 산부인과에서는 노산이라며 이런저런 검사를 시행했는데 마침내 양수 검사를 해야 한다고 했다. 유전자 이상이 있을 수 있다는 것이었다. 동생은 '유전자 이상이 있으면 낙태할 것인가?'라는 질문 앞에서 그렇게 하겠다는 대답을 쉽게 할 수 없었다. 결국 동생은 양수 검사를 하지 않았고 건강한 딸을 출산했다. 산부인과에서 행하는 양수 검사가 우생학적 생각에 기반하지 않는다고 말할 수 있을까?

'유전자 가위' 기술은 종국에는 인간 유전체 편집을 향하고 있다. 즉, 인간 배아 상태에서 돌연변이를 찾아내서 교정하거나, 아니면 정자나 난자를 교정하는 유전자 수술을 시행한 후 인공수정을 하거나. 결국 형질 전환된 인간의 탄생은 막을 수 없는 것일까? 그야말로 나치 우생학이 바라던 바를 실현하게 될 수도 있다. SF 영화 속에 나오는 특이성이 사라진 균질화된 인간들이 사는 세상은 이제 이론적으로 가능하다.

이반 일리치는 의료와 결합된 생명공학을 '플라스틱 자궁의 공학'이라고 명명했다. 인간을 둘러싼 사회적·심리적·물리적 환경을 전문적으로 변화시키는 공학 프로그램이 결국은 인간의 자율성을 완전히 빼앗을 것이라고 우려한다. 일리치가 염려했던 일들은 유전공학과 의료의 만남으로 더욱더 전면적으로 일어날 가능성이 높아졌다. 범죄자적 비정상과 비사회적 행동은 심리검사로 미리부터 점쳐지고 있다. 의학적 치료인지 교육적 치료인지 분간할 수 없다. 아이큐 검사에서 심리 검사로, 앞으로는 유전자 검사가 인간을 분류하게 될 것이다. 우리를 둘러싼 환경과 사회는 거대한 플라스틱 자궁으로 변해 가고 있다.

속도를 늦추고 삶이라는 맥락에 머물자

유전자는 다른 유전자들, 환경, 촉발 요인, 무작위적 우연과 협력하면서 생물의 궁극적인 형태와 기능을 만든다. 이러한 사실은 결국 생물체의 자율성과 변화무쌍함을 자명하게 보여 준다. 내 몸의 유전자는 수많은 세월을 거쳐 온 역사를 고스란히 담고 있다. 그리고 내 삶을 통해 그 역사를 계속 만들어 갈 것이다. 나의 삶, 나와 다른 이들과의 관계는 유전자에 반영되고 있다. 유전자 스위치가 켜지거나 꺼지거나, 또는 변이가 일어나거나 일어나지 않거나, 그 변이가 대물림이 되거나 안 되거나 말이다.

그러나 삶을 모두 유전자로 환원해서는 안 된다. 싯다르타

무케르지는 그의 책『유전자의 내밀한 역사』(이한음 옮김, 까치, 2017)에서 경고한다. 모든 것을 유전적으로만 설명하는 것은 삶의 맥락을 벗어나야 가능하다고. 유전자 하나를 바꾸었을 때 유전체 전체의 조절에 이상이 생길지 알 수 없을 정도로 유전자들은 더 상호 연결되어 있을지 모른다. 유전학이 아무리 발달해도 유전자만으로는 우리 삶을 모두 설명할 수 없다고 말이다.

난 이번 스캔들을 계기로 관련 책들을 읽었고 인터넷 검색을 하면서 유전공학의 최신 트렌드에 다가갔다. 그러나 그 기술의 전문성은 일반 사람들에게는 이해하기 어려운 벽이었다. 우리의 인식이 가닿지 않는 곳에서 유전공학은 자기들만의 길을 바삐 가고 있다는 느낌을 지울 수가 없었다. 기술이 고도화될수록 우리는 더욱 소외될 것이고 그 기술은 자본에 독점될 가능성이 높다. 그러나 똑똑한 사람들이니 알아서 하겠지 하고 물러나진 말자.

* * *

사실 나는 인보사를 개발한 회사에서 만 7년을 근무했다. 이번에 이 스캔들을 보면서 착잡하기가 이루 말할 수 없었다. 남아서 고군분투하고 있을 동료들이 생각났다. 바이오팀이 아니었기 때문에 근무 당시에도 인보사 개발에 큰 관심이 없었다. 전체 워크숍을 할 때나 신약 개발에 대한 이야기를 듣고 반짝하고 말았다. 한편으로는 신약이 허가되면 회사의 가치가 엄청나게 올라가겠지 기대도 했다. 지금에 와서 후회가 된다. 솔직히 내가 알았던들 뭐가 바뀌었을까 싶다. 하지만 그 회사에 몸담고 있었던 한 사람으로서 내 무지와 무관심이 부끄럽고, 일말의 책임감을 느낀다.

인문약방의 '학업수행'

인문약방은 인문+약방으로 조합된 단어이다. 인문학을 공부하는 약사가 있는 약국이란 의미일 수도 있겠고 또 인문학 전공자와 약학 전공자가 함께하는 현장이라는 의미도 가능하다. 하지만 인문약방의 구성원들은 이것들의 단순한 합 그 이상을 바란다. 쉽게 말해 문과와 이과로 대변되는 세상의 이분법을 뛰어넘고 싶다고 하면 너무 거창할까? 그런데 사실 그런 의미라고 할수 있다.

얼마 전 TV에서 '문과 vs 이과'를 주제로 문과 출신과 이과 출신의 출연자들이 이야기를 나누는 예능프로그램을 봤다. 거기에서 공통질문이 "눈이 녹으면?"이었다. 대부분의 이과 출신은 "물이 된다"가 답이었고 문과 출신 중 많은 수는 "봄이 온다"가 답이었다. 내 대답이 뭘까 생각해 보니 어떻게 해도 "봄이 온다"는 아니었다. 이과 수재들이 한결같이 논리적 글쓰기가 어렵다며 특히 문과생들의 자소서 글쓰기에 감탄하는 대목엔 공감이 많이 갔다. 아마도 이과생은 답이 정해진 문제를 풀기 때문에 논리적 글쓰기가 어렵지 않을까? 문과 친구는 답이 정해져 있는 게 어떻게 문제가 될 수 있냐며 내 말을 어처구니없어했다. 정해진 답이 없으니 문제가 되는 거고 답을 찾아보려 노력하는 거라고. 아! 이거구나! 우리는 참 다르게 살아가고 있었구나!

이런 이분법이 작동하는 세상은 문과와 이과만이 아니다. 더 큰 범위로는 육체와 정신이기도 하다. 인문약방 구성원들 사이에서도 미세한 차이를 느낀다. 이과 전공자인 나는 인문학을 공부하면서 이런 차이를 먼저 실감하고 있었다. 문과 전공자인 새털과 기린은 작년 한 해 동안 몸에 관한 책들을 읽으면서 조금씩 차이를 느끼게 되었다. 인문학을 공부하는 사람들은 자칫 몸에 대해 무관심해지기 쉽다. 또 인문학적 배경이 없으면 몸에 대한 관심도 기능적으로 치우쳐지기 쉽다.

인문약방이 추구하려는 것을 한마디로 말하면 '양생'(養生)이라고 할 수 있다. 글자 그대로 '삶을 기른다'는 뜻이다. 우리는 삶을 길러서 좋은 삶을 살아가고 싶다. 이를 위해 문과와 이과, 육체와 정신, 이론과 실천 등 분리된 것들을 통합하는 공부를 하려 한다. 그것은 어떤 공부일까? 그런 공부의 방법론을 만들 수 있을까? 여러 질문들을 가지고 우리 세 사람(새털, 기린, 둥글레)

과 '사장님'(문탁 선생님)은 인문약방을 시작했다.

學

인문약방 활동은 '학(學)/업(業)/수(修)/행(行)'으로 구성된다. '학'(學)은 우리 구성원들의 공부이며 다른 사람들에게 제안하는 공부이기도 하다. 올해는 '양생프로젝트'라는 이름으로 1년짜리 프로그램을 진행하고 있다. 이론편과 실천편을 1, 2학기로 나누었는데, 이론편에서는 미셸 푸코의 철학과 사주명리학을 공부했다. 실천편으로는 '멍 때리고 걷기'라는 일상에서의 걷기와 1년간의 프로젝트를 정리하는 글쓰기를 한다.

푸코의 철학에 무슨 양생론이 있을까 의문이 들기도 할 것이다. 하지만 어떤 철학이든 그것이 실천을 통해 삶을 기르지 못한다면 관념일 뿐이다. 바꿔 말해서 모든 철학은 양생을 위한 방편이 된다. 물론 일상의 사소한 에피소드도 모두 공부의 재료가 될 수 있다. 하지만 일상을 재료로 공부할 수 있는 사람이 얼마나 될까? 또 그러기 위해서는 삶은 단순해져야 한다. 인문학을 공부한다는 것도 어찌 보면 삶을 단순화시키려는 노력일 수 있다. 일상의 번다함을 줄여서 생긴 여유 공간이 없다면 공부하기

란 어렵다. 기존의 일상을 쪼개고 쪼개서 나온 짬을 이용한 공부가 아니라는 말이다.

2020년 양생프로젝트에서는 스무 명 정도가 함께 공부를 이어 가고 있다. 푸코의 철학과 사주명리학을 통한 자기 이해가 사람들에게 자신을 성찰하는, 어떤 계기가 된 것 같다. 누구의 말에도 꿈쩍 않던 공고한 자기 세계가 깨지고 비로소 자기가 보였다는 게 여러 사람들의 평가다. 사실 공부란 게 자기와 타자 그리고 세계에 대한 이해이니 양생 공부는 자기 이해에서 시작한다고 말할 수 있다. 그리고 자기 몸을 공부하지 않으면 자기 이해에도 한계가 생긴다. '멍 때리고 걷기'를 하면서 알게 되었다. 걷기가 만들어 내는 속도가 있고, 그 속도가 만들어 낸 사유가 있다. 물론 여러 생각들이 오가지만 바쁜 일상에 치여 복잡하게 꼬여 버린 머릿속과는 전혀 다른 차원의 사유를 경험한다. 우리는 소외된 몸을 소환해 공부를 시작했다.

양생프로젝트를 하면서 다양한 사람들을 만났고 친구의 새로운 점을 발견하기도 했다. 식물학 박사 R은 사주명리학을 배우고 다른 사람의 사주를 도사처럼 간명하게 되었다. 낭송을 잘하던 S는 알고 보니 젊은 시절 아나운서가 되고 싶어 여러 번 도전했다고 한다. 직업이 디자이너인 M과 J는 둘 다 표현의 힘이 사주에 과다한 사람들이라는 게 신기했다. 1년이라는 긴 호흡도 한몫했겠지만 양생이라는 주제로 함께 공부하는 데에 다른 인문학 공부에는 없는 특별함이 있다는 생각이 든다.

業

인문약방은 양생이라는 비전 아래 모인 네 사람이 먹고살 궁리를 하는 현장이기도 하다. 공부를 통해 먹고살고 그 먹고사는 '업'(業)이 공부의 장이 되는 것은 너무 이상적일까? 누군가는 그렇다고 할지 모르겠지만 우리는 학이 업이 되고 또 업이 학이 되는 현장을 만들고 싶다. 나로서도 제도적 약사의 틀을 넘어선 현장을 만들고 싶은 욕망이 있다. 그렇다면 그것은 어떤 현장이어야 할까? 우리도 아직 미궁 속이어서 묵묵히 여러 실험을 해볼수밖에 없다.

　우선 나는 사주명리학과 동양의학을 연결하여 심화하는 연구 세미나를 꾸려 보고 싶다. 이미 이런 공부가 있지만 내가 가진 특이성이 다른 걸 만들어 내지 않을까? 자기의 이해가 자기 몸의 이해와 맞닿는 연결점을 찾고, 그것을 건강에 적용하고, 더 나아가 일상의 실천으로 확장될 수 있는 공부법을 마련하고 싶다. 또 그간의 한방 지식과 약국에서의 임상 경험을 결합해서

'일상보약'을 만들어 보려 한다. 일상보약은 몸의 밸런스를 맞추는 데 가장 기본이 되는 약이다. 비싸지 않은 보약이 될 것이다. 그 외에 약차를 통해 건강을 도모하는 방법도 찾아보고 싶다.

오랫동안 동양고전을 공부해 온 기린은 서당을 열어서 고전을 통한 양생을 실험해 보려고 한다. 이번에 사주명리학을 공부하고 크게 감화된 기린은 벌써부터 사주명리학과 동양고전을 연결시키는 공부를 기획하고 있다. 또 대학에서 글쓰기 강사로 잔뼈가 굵은 새털은 글쓰기 교실을 열 예정이다. 그녀는 입버릇처럼 글쓰기 수업을 하기 싫다고 했는데, 최근에는 글쓰기 선생님으로서의 자기의 정체성을 이해하게 되었다고 한다. 새털은 남의 글을 읽으면서 성장해 가고 있는 것 같다.

2021년에는 인문약방을 진짜 오픈하려고 한다. 공부하는 곳이면서 동시에 일상보약을 파는 곳인 약국 말이다. 인문약방이 서양의학과 동양의학이 통합되는 곳이길 바라고 또 의료 권력이 위세를 떨치고 있는 지금의 세상에 균열을 내는 공간이 되길 바란다. 우리가 파는 제품이 그런 통합과 저항을 담을 수 있도록 노력하고 싶다. 일상보약이나 약차에 추천 도서나 추천 세미나 등 양생의 방편이 될 조합은 무궁무진하지 않을까?

修

자기를 수양(연마)하는 실천적 도구 또는 방법으로 우리는 '글쓰기'를 선택했다. 새털은 '문학처방전'을 써서 팟캐스트 방송에 올리고 있다. 친구들이 가지고 있는 증상이나 질병들에 적당한 책을 한 권 골라서 권한다. 이를 위해 새털은 세 번 정도의 인터뷰를 하고 글을 완성할 때까지 늘 그 사람을 생각한다고 한다. 다른 사람들에게 별 관심이 없다고 얘기하더니 변한 걸까? 고뇌 끝에 그녀가 고른 책들은 어쩌면 그렇게 그 사람에게 찰떡인지. 그러다 보니 문학처방전에 나온 책은 꼭 읽게 된다. 약사로서 그녀의 글을 읽노라면 글솜씨와 책을 고르는 안목에 감탄하는 한편 이런 생각이 든다. 진짜 치유자는 새털이 아닐까? 하는.

기린은 문탁네트워크의 역사와 거의 궤를 함께하는 몇 안 되는 사람이다. 매일 공동체로 출근하는 그녀는 '공동체가 양생이다'라는 글을 쓴다. 지난 10년간 공동체 생활을 하면서 공부하고 여러 활동을 한 자신을 돌아보고 있다. 이는 또한 우리 공동체의 좌충우돌기가 될 것이다. 그녀의 글을 읽으면서 내가 합류하기 이전에 있었던 공동체의 일들을 알게 되는 재미도 있지만, 무엇보다 그녀를 좀 더 이해하게 되었다. 기린 이전의 닉네임이 게으르니였는데 늘 부지런한 그녀에게 어울리지 않는 이름이라고 생각했다. 그녀의 흑역사인 게을렀던 시절 얘기를 읽고 그녀가 게으름에서 벗어나려 기울이는 노력이 예사로 보이지 않았다. 『사기열전』에 나오는 한 주인공처럼 동양고전의 윤리가 온몸에 배어 있는 그녀는 얼핏 딱딱해 보이지만, 그녀의 글은 외피에 가려진 말랑한 속살 같은 느낌이다.

그리고 인문약방의 사장님을 자처한 문탁 선생님. 노환에 수두증을 앓고 있는 어머니를 간병하는 이야기, '간병블루스'를 연재하고 있다. 글로 다 담을 수 없는 선생님의 노고를 가끔 듣지만 또 듣지 못한 노고가 그 글에 담겨 있기도 하다. 선생님의 글을 읽고 먼 이야기나 남 이야기로 치부했던 부모의 노환과 질병 그리고 간병을 진지하게 생각하게 되었다. 우리 모두에게 닥쳐올 일이고 인문약방에서 어떤 식으로든 다뤄야 할 주제이기도 하다.

나는 '둥글레의 인문약방'을 연재해서 지금 이 책을 쓰고 있다. 글쓰기는 어려웠지만 인문학 공부를 바탕으로 내 직업에 대해 다시 생각해 볼 수 있는 좋은 기회였다. 이후에 어떤 글을 쓸지는 아직 모르겠지만 새로운 공부들이 내 글쓰기의 재료가 될 것이다. 네 명의 글쓰기에 대해 얘길 하다 보니 이런 생각이 든다. 글쓰기가 자기 수양의 도구이기도 하겠지만 글 쓴 내용 자체가 자기를 연마한 경험이구나! 글쓰기는 내가 어떻게 살고 있나 돌아보게 하고 기존의 나에게 스스로가 저항하게 한다.

行

우리가 공부하고 일하며 자기를 연마한 내용을 펼쳐 내는 활동(activity)이 바로 '행'(行)이다. 지금은 〈인문약방, 호모큐라스를 위한 처방전〉이라는 팟캐스트 방송을 한다. 팟캐스트를 통해 주로 몸과 질병을 둘러싼 여러 담론들이 담겨 있는 책들을 소개한다. 덕분에 예전에 읽었던 책도 다시 읽게 되고 처음 읽게 된 책도 많다.

극작과를 나온 기린 말고 새털과 나는 난생처음으로 대본이란 걸 써 봤다. 각자 강점이 있는 책들의 대본 작업을 셋이서 나누어 하려고는 하지만 역시나 글쓰기 선생 새털이 주로 맡아서 대본을 쓴다. 대본이 탄탄하고 내용 숙지가 잘 되어 있으면 애드리브도 자연스럽게 나온다. 그래서 우리는 맡은 역할이 뭐든 함께 읽고 무얼 얘기하고 싶은지 논의하려고 한다. 시간에 쫓겨 준비를 소홀히 하면 방송에서 다 표가 난다. 문탁 사장님은 귀신같이 그걸 캐치한다.

팟캐스트를 하게 되면서 다른 사람들과 협업도 많아졌다.

녹음 및 편집은 청년 래퍼의 도움을 받고 있다. 장비가 있는 그의 자취방에 가서 녹음을 한다. '문학처방전'을 낭독할 때는 초등생부터 청년, 목소리 좋은 사오십대 동학들까지 문탁네트워크와 인연이 있는 사람들이 총동원된다. 친구들이 달아 준 댓글에서도, 모르는 분들의 '잘 듣고 갑니다'라는 한마디의 댓글에서도 훈훈함을 느낀다. 다들 정말 고맙다.

요샌 급격히 유튜브로 콘텐츠 플랫폼이 바뀌고 있어서 팟캐스트를 유튜브로 확장하고픈 욕망도 있다. 책 소개뿐만 아니라 간단한 강좌나 양생 실천 팁 등 다양한 형식을 시도해 볼 작정이다. 이밖에 CF도 있다. 우리의 활동을 CF로 찍어서 공동체 사람들에게 소개하고 있다. 문탁네트워크의 영상 담당자가 도맡아서 하고 있는데 그의 콘셉트는 주로 유머. 개그에 욕심이 있는 나도 그렇고, 두 번의 CF 촬영 후 다들 이런 콘셉트는 어떻냐며 앞다투어 아이디어를 내놓는다. 약국이 오픈되면 일상보약들도 재밌게 홍보할 수 있을 듯싶다.

* * *

지금까지 소개한 '학/업/수/행'이 모여서 인문약방적 라이프 스타일(양생)이 만들어진다. 그간 친구들과 인문약방 활동을 하면서 배우는 게 많았다. 치유란 전문적 지식을 갖춘 자만이 하는 게 아니고 몸의 증상만을 대상으로 하는 것도 아니다. 한 사람의 능력은 단독이 아니다. 주변과 함께 줄어들기도 하고 늘어나기도 한다. 나 잘난 맛에 살던 내가 문탁네트워크에서 공부하면서 깨닫게 된 것이 내 삶에 없어서는 안 될 타자의 존재였다. 이런 깨달음에 유효기간이 있다는 듯 어느새 친구들의 어떤 점은 싫고 어떤 점은 좋고, 분별하는 나를 보았다. 선별하는 게 아닌 존재 전체를 받아들인다는 의미에서 '환대'라는 화두가 생겼다. 환대는 종교단체에서 볼 수 있을 것 같은 미소를 띠며 상대를 대하는 것이 아니다. 고뇌하며 찡그려지는 표정을 감출 수 없는 못난 나도 받아들여야 환대의 자리로 나갈 수 있는 것 같다. 환대는 우정에 기댈 수 있는 내가 되는 것이고, 친구에게 자리(역할)를 주는 것이며, 새로운 우정으로 확장하는 내 마음의 그릇을 키우는 것이다. 양생이란 것도 환대와 우정 없이는 어렵다. 인문약방이 삶을 기르는 환대의 자리가 되길 희망한다.

부록

필연과 자율의 삶, '건강'

이반 일리치,『병원이 병을 만든다』(박홍규 옮김, 미토, 2004) 서평

나는 약사다. 의료 전문직으로, 관련된 업계에서 20년 이상 일했다. 종합병원, 약국, 의약품 도매상, 제약회사를 섭렵하며 '건강'에 도움이 되는 상품이나 서비스를 만드는 일을 해왔다. 아픈 사람을 치유한다는 책임감에, 전문직으로서 능력을 구비하기 위해 공부도 꽤 했다. 그래서 이반 일리치의『병원이 병을 만든다』는 내게 힘든 책이었다. 이 책이 직접적으로 의료제도를 겨냥하고 있기 때문이다. 나는 다른 인문학 책들처럼 읽고 나서 감상이든 의견이든 쉽게 떠벌릴 수가 없었다. 작가의 말에 동의하면 내가 벌어먹고 사는 직업에 대해 나 스스로 부정하는 셈이 된다. 특히 내가 배운 학문은 과학에 근거하고 있고 내 사명감은 건강 담론과 단단히 결합되어 있었다. 그렇기에 나 또한 의료제도에

이 글은 김혜영·박연옥·이희경이 엮고 문탁네트워크 사람들이 지은『문탁네트워크가 사랑한 책들』(북드라망, 2018)에 실었던 글을 수정한 것이다.

어느 정도 비판적일지언정 일리치에게 전적으로 동조할 수 없었다.

그러나 현재의 의료제도가 목표로 하고 있는 질병 퇴치와 건강 관리가 누구나 누려야 하는 권리이자 필수 소비품이 되어 가는 과정의 부자연스러움과 그 이면에 삭제된 인간의 자율성에 공감하는 만큼 나는 크게 흔들렸다. 처음 이 책을 읽고 어떻게 해야 할지 혼란스러웠지만 다시 읽고 이 글을 쓰면서 난 어느 정도 입장 정리가 되었다. 약사이기 때문에 더 강하게 의존하고 있던 의료제도로부터 좀 더 자유로울 수 있는 '건강'에 대한 실마리를 찾았기 때문이다.

의료화가 잉태한 병들

『병원이 병을 만든다』의 원제는 *Limits to Medicine; Medical Nemesis, The expropriation of Health*이다. '의료의 한계; 의료적 응징, 건강의 착취'로 번역할 수 있겠다. 일리치는 이 책에서 전문화되고 독점화되고 상품화된 의료는 오히려 건강을 착취하고 있고 그 결과로 병이 만연하게 되었다는 것, 따라서 현재 의료는 한계에 봉착해 있다고 비판한다. 그것은 단순히 병원이나 의사에 국한된 얘기가 아니다. 의료가 사회적으로 제도화되고 문화 심리적으로 이데올로기화되어 나타나는 부작용의 차원, 결국 사람의 일상과 일생의 차원의 이야기이다. 일리치는 이런 부작용들을 세 가지 병원병, 곧 임상적 병원병, 사회적 병원병, 그리고 문화적 병원병으로 명명한다. 그는 의료화라는 진보가 잉태하게 된 이러한 병원병들은 마치 인간이 인간이기보다는 영웅이고자 하는 비인간적인 시도를 할 때 그 교만의 대가로 신이 내리는 응징과 같은 것이라고 말하고 있다.

먼저 임상적 병원병을 보자. 일리치가 문제시하고 있는 것은 단순히 의료 과오가 아니다. 전통적으로 보더라도 모든 약물은 잠재적으로 독성이 있고, 의사에 의한 의료 과오도 의료 행위의 한 부분이다. 즉, 의료 행위에는 언제나 이런 과오가 잠재되어 있다. 그렇기에 그 윤리가 중요하다고 할 수 있다. 그러나 의사가 기능인에서 과학적 법칙을 적용하는 전문가로 변모함에 따라, 의료 과오는 윤리적 문제에서 장치나 수술자의 우연적 사고로 합리화되었다. 의료 집단은 자신들의 과오를 윤리적으로 책임지려 하지 않고, 그 전문성을 집단적 기득권을 옹호하기 위해 사용한다. 따라서 환자에 대한 의료의 이익과 사회적 공헌은 제대로 평가되지 않았고 되레 과평가되어 의료적 신화가 만들어졌다고 말해야 할 것이다.

‘비윤리’와 ‘과평가’라는 임상적 병원병의 결과는 당연히 사회 전체적으로 또 개인의 생활 깊숙이 파고들어 갔다. 바로 의료는 언제나 효과가 있고 과학적이기에 부정할 수 없는 발전이나 진보로 여겨져 제도적으로 강화되었던 것이다. 여기에서 사회적 병원병이 생겨난다. 예컨대 건강보험제도는 모든 사람들이 평등한 조건에서 치료받고 궁극적으로 사망률이나 질병률을 낮추기를 바라서 시작되었지만 오히려 과잉진료와 과잉투약을 낳았다. 일리치는 의료가 제도가 되어 관료적으로 관리될 때 평등과 진보라는 사회적 요구에도 불구하고 의료는 더욱더 의사와 병원이라는 전문적 영역에 독점되어 버린다고 지적한다. 이 독점이 사람들로부터 스스로 행위하고 스스로 생산하는 능력을 빼앗아 버린다는 점에서 그는 이를 ‘근원적 독점’이라고 부른다. 이 독점의 결과 사람들은 자신의 인생을 위기의 연속으로 인식하고, 무엇보다 의료 전문가 없이는 질병과 싸울 수 없다는 확신을 갖게 되었다. 결국 사람들은 스스로 건강하게 살아가는 힘을 상실하고 있다.

　이렇게 해서 사회적 병원병은 문화적 병원병을 낳는다. 특히 건강 관리와 임종 관리가 상품화되어 구입하는 것이 될 때 사회적 병원병은 극한으로 치닫고 병적 사회는 탄생한다. 병적 사회는 사람들이 자신의 인간적인 유약함, 취약성, 독특함을 자기

나름의 자율적 방법을 통해 다루는 능력을 파괴한다. 일리치는 이러한 문화적 병원병에 있어 핵심 문제는 '통증·질병·죽음'을 개인적 과제에서 기술적 문제로 변화시키는 것이라고 보았다.

삶의 필연: 통증, 질병 그리고 죽음

일리치가 이 책을 쓴 1970년대에 비해 시민의 정치적 힘은 늘었지만 그렇다고 의료화로 인한 병원병들이 줄어든 건 아니다. 더 고도화된 의료화로 개인의 의식 속에 깊숙하게 자리잡게 된 문화적 병원병은 훨씬 심각해졌다. 문화적 병원병이 치료되지 않는다면 나머지 병원병들의 치료 또한 요원할 수밖에 없다.

　　모든 전통문화는, 각 개인이 통증을 견딜 수 있게 하고, 질병이나 장애를 이해할 수 있게 하고, 죽음의 그림자를 의미 있게 하는 방법을 갖추게 하는 능력으로부터 그 위생적 기능을 끌어낸다. 그와 같은 문화에서 건강 관리는 언제나 먹고, 마시고, 일하고, 숨쉬고, 사랑하고, 정치를 하고, 운동을 하고, 노래하고, 꿈꾸고, 싸우고, 고통받는 것을 위한 계획인 것이다. 치유의 대부분은, 사람들이 치유받는 동안 그들을 위로

하고, 돌보고 편안하게 해주는 전통적인 방법이며, 병자 치료의 대부분은 고통받는 사람들에게 베푸는 관용의 한 형태이다.(『병원이 병을 만든다』, 141~142쪽)*

통증을 견딘다거나 질병을 이해한다거나 죽음을 의미 있게 맞이하는 것은 무엇일까? 우리는 그것이 무엇인지 잘 모른다. 약국과 병원에서 떨어져서 그것들을 다뤄 본 적이 거의 없기 때문이다. 모든 전통문화에서 통증·질병·죽음은 언제나 있는 것으로 자연스러운 일이었다. 하지만 지금은 어떤가? 의료화된 문화는 통증을 없애고 질병을 제거하며 고통과 죽음을 다루는 기술에 대한 욕구를 사람들로부터 없애 버렸다.

통증이 인간의 삶에서 일으키는 의미는 무엇일까? 일리치에 의하면 그것은 아프다는 감각(pain)과는 다른 독특한 인간 행동, 즉 고통(괴로움, suffering)을 의미한다. 이 고통은 인간이 현실에 의식적으로 대처할 때 피할 수 없는 부분이고 인간은 그것에 직면하여 대응 방법을 찾으려고 한다. 또한 자신의 고통을 남에게 전달할 수 없고 타인의 고통을 똑같이 느낄 수는 없지만 고통의 체험은 타인도 고통을 체험하는 존재임을 확신케 한다. 고통

---

* 인용문이 인용서지와 다른 부분은 인용자가 독자들의 이해를 돕기 위해 영어 원문을 직접 번역한 곳이다.

은 이렇게 개인적인 체험을 넘어서 사회적 체험으로 확장된다.

이런 고통엔 언제나 의문부호가 붙는다. 왜 이런 고통이 존재하고 왜 내게 또는 남에게 닥쳐온 것인가? 이 의문에 대한 답을 찾는 과정에서 나를 발견하고 세상을 알게 된다. 그러나 현대의 의료는 이러한 질문과 상관없이 통증을 증상으로 객관화하고 진통제와 마취로 없앤다. 고통을 만들어 낸 개인적·사회적·문화적 원인을 찾을 수 없게 한다. 제거될 수 있게 되면서 통증은 더 이상 인내할 대상이 아니라 이제 공포의 대상이 되었다. 인내하는 인간에게 있어서 고통이 환기하는 의문부호는 묻혀 버렸고 우리는 어떤 가치도 거기에서 끌어낼 수 없게 되었다.

통증 또는 아픔과 별다를 것이 없었던 질병이 임상적인 공공의 사건으로 존재하기 시작한 것은 18~19세기로 최근의 일이다. 과학적 진보는 '질병'을 진단·분류하였고 그것이 의사와 환자의 지각으로부터 독립된 존재로 자율성을 갖는다는 신앙을 만들어 냈다. 질병과 건강은 뚜렷하게 구분되어 질병은 '비정상'으로 분류되었고, 건강은 임상적 증상의 부재라는 임상적 지위를 갖게 되었다. 의사의 관심이 환자에서 질병으로 옮겨짐에 따라 의사의 눈 속에서 환자가 발견할 수 있는 것은 자신의 고뇌의 반영이 아니라 입력과 출력의 계산업에 종사하는 생물학적 회계원의 응시일 뿐이다. 더 나아가 환자의 질병은 의료 기업의 원

재료로 변하고 말았다.

죽음에 대한 이미지도 16세기 종교개혁 이후 400년에 걸쳐 과학적·정치적 진보와 함께 드라마틱하게 변해 왔다. 죽음은 생명 부활의 기회도 아니고 일평생 대면해야 하는 것도 아닌 삶의 끝이라는 순간의 사건으로 변했다. 죽음이 자연사로 불리는 자연의 한 현상이 되면서 누구에게나 평등한 것이 되었다. 하지만 새롭게 부상한 부유한 계급(부르주아)은 발달된 의료에 돈을 지불하면서 '생명연장'이라는 불평등을 만들어 냈다. 노인은 은퇴를 늦추고 건강하게 살아남는 것을 이상으로 삼게 되었다. 이제 자연사는 의료관리하에서 건강한 노년기에 찾아온 '시의 적절한 죽음' 곧 임상적 죽음이다.

이 새로운 죽음의 이미지는 새로운 차원의 사회적 통제를 보증한다. 정치적 진보가 죽음에 평등을 요구함에 따라 제도로써 의료적 치료를 보장하는 것이 사회의 책임 있는 서비스라고 여겨졌다. 사회는 각 개인의 죽음을 방지할 책임을 지게 되었고, 치료는 유효하든 유효하지 않든 의무가 되었다. 따라서 오늘날 사람들은 출생 시부터 환자라는 낙인이 찍히고, 통증·질병·죽음은 삶의 필연이 아닌 타율적으로 제거돼야 할 것으로 전락했다. 일리치는 우리의 인식을 의료화 이전으로 회복하자고 한다.

건강에 대한 진정한 정의

이제 임상적 건강이 아닌 진정한 의미의 건강에 대해서 다시 정의해 보자. 『병원이 병을 만든다』 서문에서 일리치는 건강에 대해 이렇게 말한다.

> '건강'이라는 것은 개개인이 자신의 내부 상태와 환경 조건이라는 양자에 투쟁하는 경우의 강도를 나타내기 위한 일상어에 불과하다. '호모 사피엔스'에 있어서 '건강한'이라고 하는 말은 윤리적이고 정치적인 행위의 성질을 나타내는 형용사이다. 적어도 부분적으로 어떤 국민의 건강은 정치적 행위가 환경의 조건을 만들고, 모든 사람에 대한, 특히 약자에 대한 자기 신뢰, 자율성, 존엄성에 유리한 환경을 만들어 내는 방법에 의존한다. 그 결과 건강 수준은 환경이 자율적인 개인의 책임 있는 대처 능력을 발휘하게 할 때에 최고가 될 수 있다. 생존이 어떤 한도를 넘어 유기체의 항상성에 대한 타율적인 규제에 의존하게 되면, 건강 수준은 저하될 뿐이다.(『병원이 병을 만든다』, 16~17쪽)

현재 사회적 통념으로 보면 건강은 질병이 없는 상태다. 그러나 일리치의 건강에 대한 정의에 의하면 건강이란 사람들이 일상을 살아가며 적응하는 과정이다. 그것은 일상의 기쁨과 고통 속에서 살아 있음을 느낄 수 있다는 것을 의미한다. 통증과 마찬가지로 건강도 체험되는 감각이라는 말이다. 어떻게 체험될까? 그것은 개인적일 뿐 아니라 사회적·문화적으로 체험된다. 개인의 건강은 사회적 현실 속에서 행해진 자율적이고 문화적인 행위이다. 내가 현실의 즐거움과 괴로움에 어떻게 관계하고 있는지, 고통에 처한 타인에게 어떻게 행동하는지가 나의 신체적 감각과 동시에 건강에 대한 감각을 결정한다. 그러니 윤리적·정치적 행위와 건강은 불가분인 것이다. 자신의 신체와 자신이 속한 사회에 관심을 갖고 삶의 윤리를 만들면서 살아가는 것이 건강을 구성한다. 또 윤리는 자신이 체험한 건강과 함께 매번 달라진다.

건강에 대한 이러한 정의는 한 인간으로서도, 약사로서도 나에게 더 많은 자유를 주었다. 통증이나 질병을 보던 기존의 나의 시각은 변했고 아픈 사람들에게 건네는 조언도 달라졌다. 약국에 오는 사람들 중에는 연로하신 분들이 많다. 나는 이분들에게 노화에서 오는 여러 증상을 비정상이 아닌 자연스러운 것으로 이해시키려고 노력한다. 또 의사나 약사 등 의료 전문직이 아프면 마치 자격이 없는 양 생각하는 경우가 많은데, 그들도 아플 수밖에 없는 필연의 삶을 사는 똑같은 인간이라고, 누구의 아픔도 이상한 것은 아니라고 말할 수 있게 되었다.

실은 나도 큰 병 없이 살아오다 이전 직장에 다닐 때 천식이라는 병을 얻었다. 호흡기계가 약하게 태어나기도 했고 코에 있던 알레르기가 기관지로 확장된 것이다. 생각해 보면 당연하게도 여겨진다. 그렇게 살면서 안 아픈 게 이상할 정도의 바쁜 생활이었기 때문이다. 천식임을 알았을 때 난 그것을 깨끗하게 제거하고 싶은 마음밖엔 없었다. 단식을 하고 채식을 하고 운동을 하고 난리를 쳤다. 그러나 천식은 없어지지 않았고 결국 난 약의 도움을 받아 천식을 조절하며 살고 있다.

일리치는 의료가 절대 불필요하다고 말하고 있는 것은 아니다. 사람들이 스스로 고통과 건강을 체험하고 살 수 없도록 만드는 의료화에 반대하는 것이다. 일리치 책을 읽고 절대 병원에는 가지 않고 약도 먹지 않겠다고 한다면 나는 그것에 반대할 것이다. 또 대체의학을 선택하는 것은 어떠냐고 묻는다면, 건강에 대한 인식의 변화 없이 거기에 매달리는 것은 병원에 의지하는 것과 다르지 않다고 대답할 것이다. 나의 경우 건강에 대한 생각이 바뀌면서 실손 보험을 해약했다. 건강 검진도 받지 않는다(물론 필요하다면 검진도 할 것이다). 하지만 천식 관리를 위해 정기적으로 병원에는 간다. 감기에 걸려 너무 아프면 약을 먹는다.

이 책을 읽고 나서 나는 내 천식에 대해 계속해서 질문한다. 질문도, 거기에 대한 답도 그때 그때 달라진다. 일리치는, 건강은 미래는 물론이고 나아가 함께 생활하지 않으면 안 되는 고뇌와 내적인 위로를 포함하고 있다고 했다. 그러니 천식은 나의 고뇌로서 내 건강에 포함되어 있다. 그 덕에 변화된 내 생활도 마찬가지다. 내가 만드는 내 온 삶이 내 건강이고 윤리이고 정치다. 그 삶이 만들어 내는 자율만큼이 나의 건강이다.